Les secrets de la nuit

Textes : © Ben Lerwill
Illustrations : © Paula Bossio
Édition : Josephine Southon
Conception graphique : Derrian Bradder
Couverture : Angie Allison
Conseil : Camilla de La Bedoyere et Stuart Atkinson
Remerciements particuliers à Bryony Davies
Traduction : Marine Gauvin

Direction éditoriale : Sophie Chanourdie
Édition : Virginie de Ruffray et Léna Devauchelle
Graphisme : Mélissa Chalot et Magali Meunier
Fabrication : Julie Joublin
Relecture : Coralie Brunet
21, rue du Montparnasse – 75283 Paris Cedex 06
ISBN : 978-2-0360-5588-9
Achevé d'imprimer en Chine en août 2024.
335462-01 / 11054418 – août 2024
Dépôt légal : mai 2025
Conforme à la loi n° 49-956 du 16 juillet 1949 sur les publications
destinées à la jeunesse.

Les secrets de la nuit

Larousse Jeunesse

TEXTES : BEN LERWILL

ILLUSTRATIONS : PAULA BOSSIO

SOMMAIRE

INTRODUCTION

La nuit est un moment magique et mystérieux. La lumière du jour a disparu, et le monde semble plus lent et apaisé. Le ciel est saupoudré d'étoiles, et le vent murmure à travers les arbres. Mais, attends…

… T'es-tu déjà demandé ce qu'il se passe dans l'obscurité pendant que tu es bien au chaud dans ton lit ? Est-ce que certains animaux continuent à fureter ici et là ? Est-ce que des gens travaillent encore ? Et que se passe-t-il loin de chez toi ?

La nuit venue, la planète n'est pas aussi silencieuse qu'on pourrait le croire. Et même pendant que tu dors, les terres et les mers qui s'étendent bien au-delà de ta chambre débordent de vie !

Ce livre est une ode à la vie après le coucher du soleil. À travers ses pages, il explique pourquoi la nuit existe, pourquoi nous avons besoin de dormir et pourquoi nous rêvons. Comme un télescope, il examine le ciel noir, suit la Lune au fil de ses phases et rend hommage à ces personnes qui exercent des métiers indispensables chaque nuit. Il s'intéresse aussi à la vie pendant les longs et sombres hivers, explore l'histoire de la lumière électrique et explique pourquoi les éclipses de Soleil nous donnent l'impression que la nuit tombe.

Et ce n'est pas tout ! La nuit est une période de repos pour la plupart des humains, mais c'est aussi le moment pendant lequel de nombreux animaux sont le plus actifs. Depuis que les tout premiers mammifères préhistoriques ont appris à se cacher des dinosaures affamés en sortant la nuit plutôt que le jour, le monde nocturne foisonne d'habitants incroyables.

Aujourd'hui, les deux tiers des mammifères – et toute une myriade d'oiseaux, d'amphibiens, de reptiles, de poissons et d'insectes – sont nocturnes, c'est-à-dire qu'ils sont actifs la nuit. Ce livre éclaire d'un coup de lampe torche ces espèces fascinantes, qu'elles peuplent les jungles d'Amérique du Sud, les étendues glacées de l'Antarctique, les dunes du désert d'Arabie ou les eaux de la Grande Barrière de corail. Comment ces animaux voient-ils dans l'obscurité ? Que mangent-ils ? Quand dorment-ils ?

Les pages qui suivent répondent à toutes ces questions et bien d'autres encore. Alors, tandis que le rideau de la nuit tombe une nouvelle fois sur notre planète, partons à la découverte du MONDE DE LA NUIT.

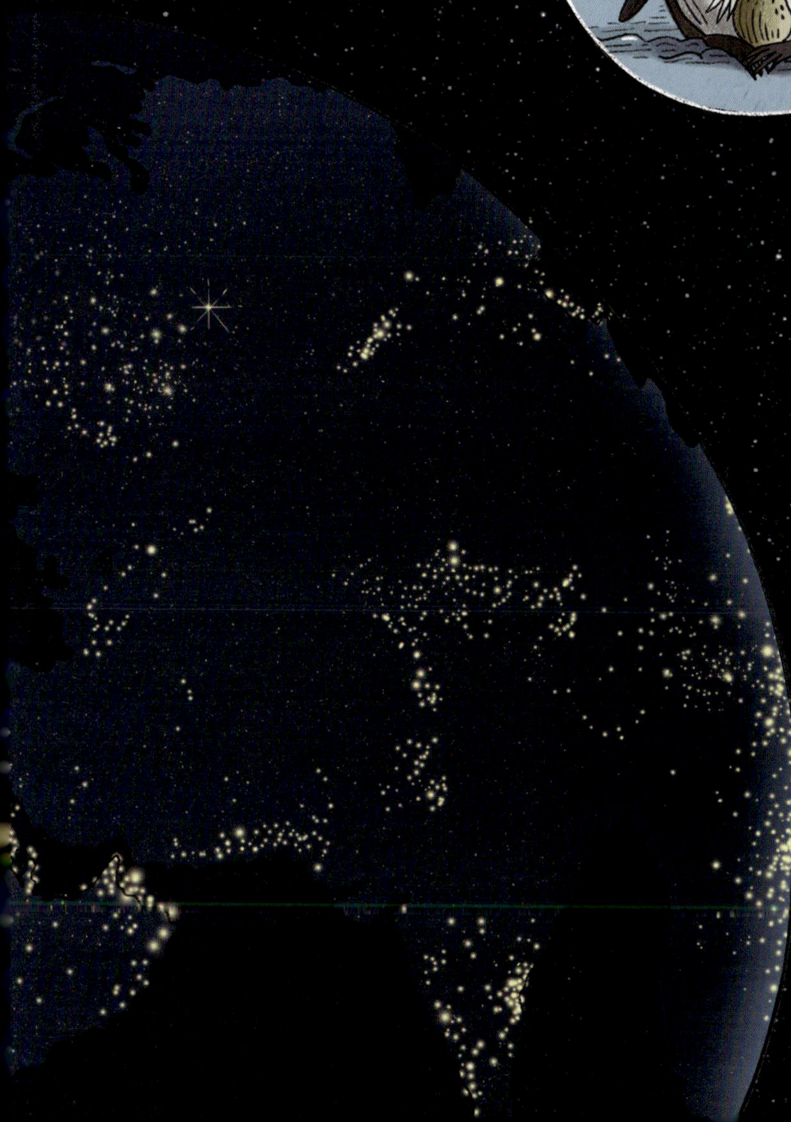

DU LEVER AU COUCHER DU SOLEIL

C'est l'aube. Le soleil point à l'horizon : c'est le début d'un jour nouveau. Les oiseaux pépient, les réveils sonnent et les rideaux s'ouvrent. Le monde se réveille et se réchauffe doucement en vue d'une nouvelle journée bien remplie.

Tandis que chacun quitte son chez-soi pour aller à l'école ou au travail, les rues et les routes se remplissent. Les propriétaires de chiens et les joggeurs occupent les trottoirs. L'odeur du pain frais s'échappe des boulangeries. La lumière se fait plus franche, et le bruit du monde aussi.

Pour la plupart d'entre nous, la vie s'écoule au rythme de la lumière du soleil. Tandis que la matinée cède sa place à l'après-midi, puis que le soir arrive, notre ronron quotidien reflète le trajet du soleil dans le ciel.

Lorsque le soleil se rapproche de l'horizon, la température chute, et le ciel s'assombrit. Ce moment s'appelle le crépuscule. Pour beaucoup d'entre nous, c'est le moment de nous reposer, de savourer un bon dîner et de nous détendre.

Le ciel perd ses dernières couleurs. Les étoiles apparaissent au-dessus de nos têtes, et les lampadaires s'allument le long des rues. Pendant que tu te prépares à aller te coucher, le monde extérieur semble plus vide et silencieux qu'il ne l'était pendant la journée. Mais l'est-il vraiment ?

Alors que l'obscurité s'épaissit, d'autres êtres vivants sortent de l'ombre. Une nouvelle clique d'hommes et de femmes font leur entrée, eux aussi, et prennent le chemin du travail. La nuit est là, mais la planète grouille toujours autant de vie.

QU'EST-CE QUE LA NUIT ?

La réponse à cette question peut paraître évidente. C'est quand il n'y a plus de lumière, non ? Mais pourquoi est-ce qu'il n'y a plus de lumière ? Et pourquoi est-ce qu'il ne fait pas nuit partout dans le monde au même moment ?

LA ROTATION DE LA TERRE

En même temps qu'elle tourne autour du Soleil, notre planète tourne sur elle-même autour de son **axe**, une ligne imaginaire qui relie les pôles. Pendant cette rotation, la partie du monde qui s'éloigne du Soleil voit la lumière décliner et l'obscurité s'installer. La nuit dure jusqu'à ce que cette partie de la planète se positionne à nouveau face au Soleil, qu'elle voit alors se lever. La Terre fait un tour complet sur elle-même en 24 heures.

Le Caire, Égypte

San Francisco, États-Unis

En ce moment, pendant que tu lis ce livre, la moitié de la terre fait face à l'obscurité de l'espace, tandis que l'autre moitié reçoit les rayons du soleil. Par exemple, Le Caire, en Égypte, et San Francisco, aux États-Unis, sont à l'opposé l'une de l'autre sur la planète. Résultat : quand le soleil se couche au Caire, il se lève à San Francisco, à des milliers de kilomètres de là. Plusieurs heures plus tard, c'est l'inverse : le soleil se couche à San Francisco et se lève au Caire.

FAIT-IL NUIT SUR D'AUTRES PLANÈTES ?

Chaque planète du Système solaire tourne sur son axe, donc chacune connaît des périodes de jour et de nuit. Toutes tournent à des vitesses différentes, ce qui détermine la durée de leurs journées et de leurs nuits. Combien de temps dure une rotation complète, soit un cycle d'un jour et d'une nuit, sur d'autres planètes ?

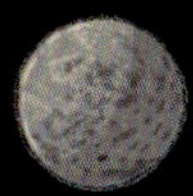

MERCURE
1 cycle = 1 408 heures
(environ 59 jours !)

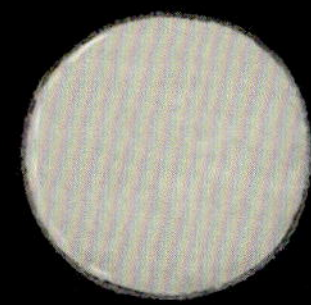

VÉNUS
1 cycle = 5 832 heures
(environ 242 jours !)

LA TERRE
1 cycle = 24 heures

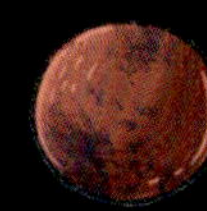

MARS
1 cycle = 25 heures

JUPITER
1 cycle = 10 heures

SATURNE
1 cycle = 11 heures

URANUS
1 cycle = 17 heures

NEPTUNE
1 cycle = 16 heures

UNE PÉRIODE DE REPOS OU D'ACTIVITÉ ?

Le jour et la nuit ont toujours fait partie de la vie sur terre. Depuis des millions d'années, les humains voient le soleil se lever et se coucher chaque jour, comme toi aujourd'hui.

Pour la plupart des humains et aussi pour beaucoup d'animaux et de plantes, la nuit est l'occasion de se reposer et de reprendre des forces en vue du lendemain.

Pour d'autres, l'obscurité offre la chance vitale de chasser, de se cacher, de travailler ou de faire des découvertes.

LE CYCLE JOUR-NUIT

La période de rotation de la Terre est de 24 heures, mais la nuit et le jour qui la composent n'ont pas toujours la même durée. Celle-ci varie selon la saison et où l'on se trouve sur le globe.

Pendant que la Terre tourne autour du Soleil – ce qui prend un an, soit 365 jours ou 365 rotations de la Terre – elle est inclinée selon son axe. Cette inclinaison est la cause des saisons. Elle fait aussi varier la durée du jour et de la nuit au fil de l'année.

Chaque année, la course de la Terre autour du Soleil est marquée par quatre grands événements.

Le solstice d'été se déroule le ou autour du 21 juin dans l'hémisphère Nord et le ou autour du 21 décembre dans l'hémisphère Sud. Il marque le commencement de l'été astronomique. Ce jour-là est le plus long de l'année, suivi de la nuit la plus courte.

L'équinoxe* de printemps se tient le ou autour du 21 mars dans l'hémisphère Nord et le ou autour du 22 septembre dans l'hémisphère Sud. Il ouvre le printemps astronomique. Ce jour-là, le jour et la nuit ont presque exactement la même durée.

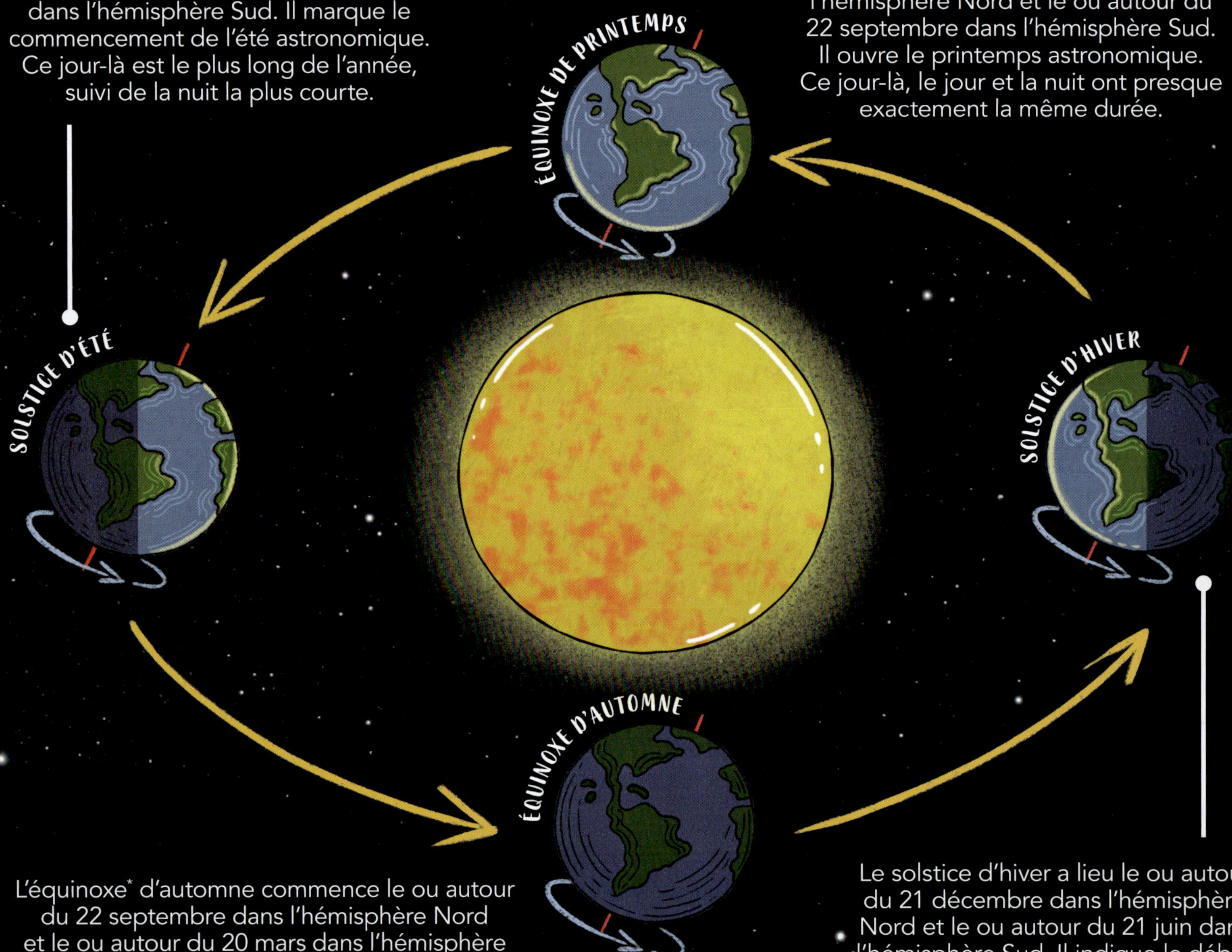

L'équinoxe* d'automne commence le ou autour du 22 septembre dans l'hémisphère Nord et le ou autour du 20 mars dans l'hémisphère Sud. Il amorce l'automne astronomique. Ce jour-là, le jour et la nuit ont presque exactement la même durée.

Le solstice d'hiver a lieu le ou autour du 21 décembre dans l'hémisphère Nord et le ou autour du 21 juin dans l'hémisphère Sud. Il indique le début de l'hiver astronomique. Ce jour-là est le plus court de l'année, suivi de la nuit la plus longue.

* *Le mot* équinoxe *vient du latin et signifie « nuit égale ».*

Les pays comme la France, qui sont situés au-dessus de l'équateur, dans l'hémisphère Nord, sont plus proches du Soleil en juin, en juillet et en août. Ils reçoivent alors plus de lumière directe, si bien que ces mois correspondent à l'été, quand les journées sont longues et les nuits, courtes.

Mais en décembre, en janvier et en février, ces mêmes pays sont loin du Soleil. C'est l'hiver, les nuits sont plus longues que les jours.

Dans les pays situés en dessous de l'équateur, dans l'hémisphère Sud, c'est tout le contraire. Quand c'est l'été dans le Nord, c'est l'hiver dans le Sud, et vice-versa.

Mais alors, que se passe-t-il dans les pays qui sont sur l'équateur, comme le Kenya ? À cause de leur position sur le globe par rapport au Soleil, le jour et la nuit durent chacun 12 heures toute l'année.

Les choses sont complètement différentes dans les régions polaires, comme en Norvège. Les pôles Nord et Sud connaissent des saisons pendant lesquelles le soleil ne se lève pas du tout, et d'autres pendant lesquelles il ne se couche jamais. Cela signifie qu'une nuit en hiver ou un jour en été peuvent durer plusieurs mois !

LE CIEL NOCTURNE

Rien n'est aussi envoûtant qu'un ciel nocturne dégagé et constellé d'étoiles, quand les nuages s'écartent pour révéler l'immensité scintillante de la Voie lactée. Si tu es loin de toute source de pollution lumineuse, tu peux lever les yeux et avoir la chance d'admirer plusieurs milliers d'étoiles au-dessus de ta tête – certaines ne brillent que faiblement quand d'autres chatoient comme des joyaux. Quand nous levons les yeux vers elles, nous plongeons notre regard à travers des milliers de milliards de kilomètres d'espace. Cela rend notre propre monde minuscule. Il y a tant à apprendre au sujet des astres et des lunes au-dessus de nos têtes – allons à leur rencontre.

OBSERVER LES ÉTOILES

Quand tu observes les étoiles, tu regardes dans le passé. Notre Galaxie est si immense que la lumière des étoiles peut mettre des siècles voire plus à atteindre la Terre.

L'ASTRONOMIE

Les humains ont toujours été fascinés par le ciel nocturne. L'étude des astres et de l'univers s'appelle l'astronomie.

Il y a trois mille ans, les Babyloniens furent les premiers à étudier les mouvements des étoiles et des planètes dans les cieux. Dans leurs temples, des scribes gravèrent leurs découvertes sur des tablettes d'argile.

Grâce à l'invention du télescope en Europe au XVIIe siècle, les astronomes purent examiner de nouveaux détails du ciel, comme les cratères de la Lune ou les anneaux de Saturne. Depuis, les découvertes n'ont jamais cessé !

QUE VOIS-TU ?

Selon l'endroit où tu te situes sur la terre, une nuit dégagée peut révéler des spectacles somptueux.

Les étoiles filantes ne sont pas des étoiles, mais des **météores** qui brûlent en pénétrant notre atmosphère. Des peuples anciens expliquaient leur existence par des mythes. En Grande-Bretagne, les gens pensaient qu'il s'agissait d'âmes revenant sur terre.

Il y a 2 milliards de milliards de **galaxies** dans l'Univers. Nous vivons dans l'une d'elles : la **Voie lactée**, qui contient entre 200 et 400 milliards d'étoiles. La Terre est située à la périphérie de notre Galaxie. De là, la Voie lactée ressemble à un long ruban, mais elle est en fait en forme de spirale.

Les technologies spatiales progressent sans cesse. Des **télescopes** puissants prennent des clichés incroyablement précis d'étoiles lointaines, de galaxies et de nuages de gaz qu'on appelle des nébuleuses. Partout dans le monde, des experts utilisent des instruments d'observation astronomique très évolués dans des **observatoires** spécialisés et des planétariums pour en apprendre toujours plus sur le ciel nocturne.

LES CONSTELLATIONS

Les constellations sont des groupes d'étoiles qui forment des figures reconnaissables dans la voûte céleste. Il y en a 88 en tout. Toutes nous aident à lire l'immensité de l'espace. Voici cinq des constellations les plus faciles à voir quand la nuit est claire. Tu n'as même pas besoin de télescope pour les observer !

ORION

Cette constellation dessine un chasseur issu de la mythologie grecque. La figure est surtout connue par les trois étoiles qui forment la Ceinture d'Orion. Vus depuis la terre, ces trois astres semblent alignés, mais en réalité, celui du milieu est presque deux fois plus loin de nous que les deux autres.

D'où puis-je observer Orion ?
Depuis les deux hémisphères, de novembre à février.

LA GRANDE CASSEROLE ET L'ÉTOILE POLAIRE

La Grande Casserole est un astérisme (un ensemble d'étoiles) qui fait partie de la constellation de la Grande Ourse. C'est un groupe de sept étoiles dont la position dessine une casserole. Si tu imagines une ligne qui passe par les deux étoiles les plus à droite de l'astérisme et que tu la suis, tu tombes presque directement sur l'Étoile polaire. Aussi appelée l'étoile du nord, elle se trouve loin au-dessus du pôle Nord.

D'où puis-je observer la Grande Casserole et l'Étoile polaire ?
Surtout depuis l'hémisphère Nord, tout au long de l'année.

CASSIOPÉE

Le W que forme cette constellation rappelle le trône de Cassiopée, l'orgueilleuse reine de la mythologie grecque. Selon la légende, les dieux la placèrent là pour la punir de sa vantardise : elle tourne autour du pôle Nord la tête en bas pour l'éternité.

D'où puis-je observer Cassiopée ?
Surtout depuis l'hémisphère Nord, tout au long de l'année.

LA CROIX DU SUD

La Croix du Sud est la plus petite des constellations, mais l'une des plus faciles à repérer. Ses étoiles apparaissent sur les drapeaux de nombreux pays de l'hémisphère Sud, parmi lesquels l'Australie, la Nouvelle-Zélande et la Papouasie-Nouvelle-Guinée.

D'où puis-je observer la Croix du Sud ?
Uniquement depuis l'hémisphère Sud, toute l'année.

LE TAUREAU

Le Taureau est voisin d'Orion. Les étoiles de cette constellation dessinent les cornes, le mufle et l'avant du corps d'un taureau. Au milieu du Taureau se trouve l'amas des Pléiades, qui permettait aux humains d'évaluer leur vue dans l'Antiquité : si l'on pouvait voir les sept étoiles qui le composent, c'est que l'on avait d'excellents yeux !

D'où puis-je observer le Taureau ?
Surtout depuis l'hémisphère Nord, en hiver.

TU PEUX AUSSI VOIR DES PLANÈTES DEPUIS LA TERRE...

En utilisant un télescope, tu peux observer les sept autres planètes du Système solaire. Elles sont bien plus proches de nous que les étoiles, mais elles semblent tout de même très éloignées.

Vénus est toujours proche du Soleil, avant son lever ou après son coucher. Quand on la voit à l'ouest au crépuscule, on l'appelle l'étoile du soir.

Mars est surnommée la planète rouge. Elle est reconnaissable à sa teinte rouge-orangé due à l'abondance d'oxyde de fer à sa surface.

LA LUNE

La Lune se trouve à près de 400 000 km de nous, mais c'est notre plus proche voisine céleste.

Parfois, on voit sa surface pâle pendant la journée, mais elle est bien plus visible la nuit. Bien que cette boule minérale et stérile soit quatre fois plus petite que la Terre, son éclat limpide peut illuminer même la plus sombre des nuits.

Mais la Lune n'émet pas de lumière. Le Soleil est le seul corps céleste de notre système solaire capable de le faire.

Lorsque tu vois la Lune briller, ce que tu vois est en fait le reflet de la lumière du Soleil à sa surface. Par convention, on appelle cet éclat la lumière de la Lune.

LES HUMAINS ET LA LUNE

Rien ne pousse ni ne vit sur la Lune, mais des astronautes ont déjà posé le pied sur sa surface accidentée. Les premiers d'entre eux furent Neil Armstrong et Buzz Aldrin, en 1969. Imagine quel spectacle ce doit être de regarder la Terre en étant si loin dans l'espace !

La Lune est à la source de nombreuses croyances, traditions et fêtes dans le monde entier. La fête des Lanternes, en Chine, est célébrée lors de la première pleine lune de l'année. Des lanternes en papier sont lâchées dans le ciel nocturne en symbole des espoirs que chacun nourrit pour l'année nouvelle.

LES PHASES DU MOIS LUNAIRE

Comme la Terre, la Lune connaît des périodes de jour et des périodes de nuit. En d'autres mots, quand une moitié de la Lune est illuminée par le Soleil, l'autre est dans l'ombre.

Tandis que la Lune tourne autour de la Terre chaque mois, elle semble changer de forme sous nos yeux, mais ce que nous voyons sont en fait des portions différentes de la Lune éclairées par le Soleil. Nous appelons ces vues les huit **phases** de la Lune.

NOUVELLE LUNE

On ne distingue pas la Lune dans le ciel. Sa face éclairée est à l'opposé de la Terre.

PREMIER CROISSANT

Un fin croissant est visible sur la droite. Il va s'épaissir au fil des jours.

PREMIER QUARTIER

La moitié droite de la face visible de la Lune est éclairée. On parle de « demi-lune ».

LUNE GIBBEUSE CROISSANTE

Presque toute la face visible de la Lune est illuminée. *Gibbeuse* veut dire « bossue ».

PLEINE LUNE

La face visible de la Lune est entièrement éclairée pendant environ deux jours.

LUNE GIBBEUSE DÉCROISSANTE

La Lune semble commencer à rétrécir, car elle s'approche du Soleil.

DERNIER QUARTIER

La moitié gauche de la face visible de la Lune est illuminée. On parle aussi du « troisième quartier ».

DERNIER CROISSANT

Un fin croissant de lumière se dessine sur la gauche de la face visible de la Lune. Il va fondre doucement jusqu'à disparaître tout à fait.

L'ÉCLIPSE DE SOLEIL TOTALE

Une éclipse de Soleil se produit lorsque la Lune occulte le Soleil, empêchant la Terre de le voir. Lorsque la Lune ne cache qu'une partie du Soleil, on parle d'**éclipse de Soleil partielle**. Lorsqu'elle le cache complètement, on parle d'**éclipse de Soleil totale**.
Pour tous les êtres vivants qui peuplent la Terre, une éclipse de Soleil totale donne la même impression que la nuit.

POURQUOI CE PHÉNOMÈNE SE PRODUIT-IL ?

La Lune tourne autour de la Terre et la Terre tourne autour du Soleil. Lorsque la Lune se place exactement entre la Terre et le Soleil, elle cache la vue que nous avons du Soleil depuis la Terre. La Lune est 400 fois plus proche de nous que ne l'est le Soleil. Par pure coïncidence, elle est aussi 400 fois plus petite que lui. Ainsi, lorsqu'ils sont alignés, le contour de la Lune épouse exactement celui du Soleil.

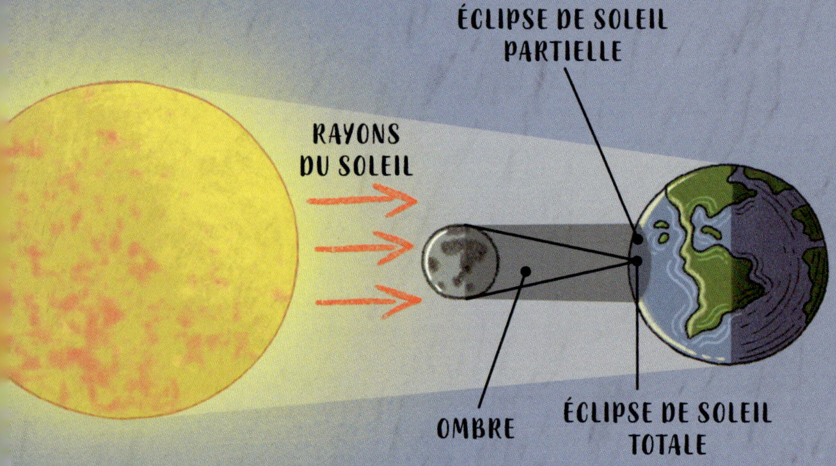

Ce phénomène se traduit par quelques minutes d'obscurité pour la zone de la Terre qui se trouve directement sous l'**ombre** de la Lune. Les éclipses solaires totales sont fascinantes, mais rares : elles ne se produisent que tous les 18 mois environ.

COMMENT EN OBSERVER UNE ?

Tu dois te trouver au bon endroit sur notre planète, au centre de l'ombre projetée par la Lune sur la Terre. Si tu as la chance d'être témoin de ce phénomène, n'oublie pas de porter des lunettes de protection adaptées, car la lumière peut gravement endommager ta vue.

De manière tout à fait étonnante, les êtres vivants se comportent de la même manière pendant une éclipse de Soleil totale que pendant la nuit. Les oiseaux regagnent leur perchoir, le bétail cesse de brouter, les chauves-souris prennent leur envol, les criquets se mettent à chanter, et les baleines sautent hors de l'eau.

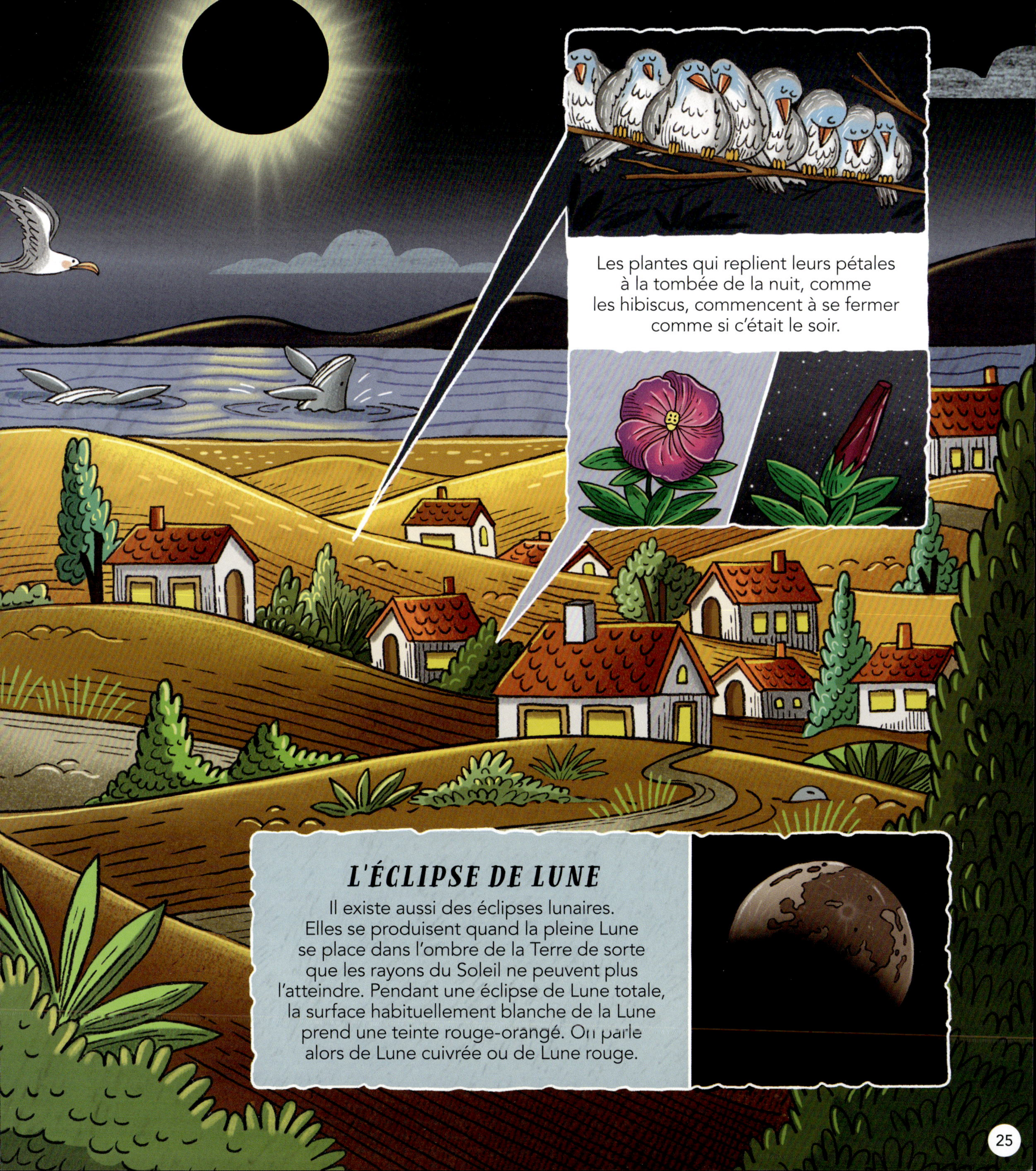

Les plantes qui replient leurs pétales à la tombée de la nuit, comme les hibiscus, commencent à se fermer comme si c'était le soir.

L'ÉCLIPSE DE LUNE

Il existe aussi des éclipses lunaires. Elles se produisent quand la pleine Lune se place dans l'ombre de la Terre de sorte que les rayons du Soleil ne peuvent plus l'atteindre. Pendant une éclipse de Lune totale, la surface habituellement blanche de la Lune prend une teinte rouge-orangé. On parle alors de Lune cuivrée ou de Lune rouge.

LES OCÉANS

Plongeons au cœur des profondeurs du grand bleu. La nuit, la vie y fourmille ! Des créatures étranges sortent de sous les rochers pour se nourrir, les poissons nocturnes se laissent porter par les eaux obscures, et des prédateurs rôdent au ras du sol marin. Des centaines de milliers d'espèces différentes vivent sous les vagues. Pour beaucoup d'entre elles, la journée commence quand le soleil se couche.

LES EAUX TEMPÉRÉES

Les zones des océans situées entre les régions polaires et les tropiques sont dites tempérées, ce qui veut dire que leurs températures ne sont pas extrêmes. On trouve des eaux tempérées dans les deux hémisphères.

LA PUCE DE MER

Sur les plages des zones tempérées, quand le soleil s'est couché et que la marée est basse, la puce de mer sort de sa cachette et fouille le sable à la recherche de nourriture. Ce minuscule crustacé passe la journée enterré dans le sable, mais il possède une sorte de boussole interne et des antennes qui lui permettent de suivre les mouvements du Soleil et de la Lune.

LE MARSOUIN COMMUN

Le marsouin utilise l'**écholocalisation** pour trouver ses proies la nuit. Il émet de petits cliquetis rapides, dont les ondes sonores rebondissent sur les corps qui l'entourent. Il utilise l'écho qui lui revient pour géolocaliser ses victimes. Certains marsouins peuvent capturer 10 poissons en une minute !

LA RASCASSE

Le corps moucheté et grumeleux de la rascasse lui permet de se fondre parmi les rochers qui ponctuent le plancher océanique. Ce poisson se tapit et attend patiemment qu'une proie s'approche. La rascasse chasse surtout la nuit, quand son camouflage est encore plus efficace.

LE HOMARD

Le homard se cache pendant la journée, parfois dans des trous qu'il creuse dans le sable à l'aide de ses grosses pinces. La nuit venue, il sort de son abri et part à la recherche de son dîner sur le sol marin.

LES EAUX TROPICALES

Les eaux tropicales sont les zones des océans proches de l'équateur. Les espèces nocturnes qui peuplent ces milieux sont adaptées à des températures plus douces.

LA LIMULE

Cet étrange arthropode est plus ancien que les dinosaures. C'est à peine croyable, mais cet animal a peu changé en 445 millions d'années. Il a 10 pattes sous son épaisse carapace. Il se reproduit la nuit, pendant la pleine ou la nouvelle lune, lorsque la marée le porte jusqu'à la plage, où il peut alors pondre ses œufs.

LA LUNE ET LES MARÉES

La Lune exerce une attraction gravitationnelle sur les océans, ce qui provoque la montée et la descente des eaux : les marées. Certains animaux, dont les limules, rejoignent les plages pour pondre pendant les marées hautes (quand la mer va le plus loin sur la terre) afin d'atteindre les lieux les plus sûrs pour l'incubation de leurs œufs.

LE POISSON PORC-ÉPIC

Le poisson porc-épic se nourrit d'escargots de mer et de crabes, qu'il arrive à mâcher grâce à ses mâchoires puissantes. Il est doté d'un super-pouvoir de protection : en engloutissant très vite une grande quantité d'eau, il peut gonfler jusqu'à ressembler à un gros ballon couvert de piquants, ce qui décourage même les plus téméraires des prédateurs.

LA MURÈNE

Cet animal aux dents acérées se tapit sous les rochers jusqu'à la nuit. Il se glisse alors sur le sable, sans être vu. Ce prédateur chasse à l'affût, patientant dans la pénombre jusqu'à ce que ses narines perçoivent l'odeur d'un repas qui s'approche.

LA MANTE RAYÉE

Cette mante de mer est dotée d'une carapace capable de percevoir les changements de pression dans l'eau quand un poisson passe près d'elle. Elle est l'une des créatures les plus rapides des océans : lorsqu'elle fond sur sa proie, elle peut atteindre 80 km/h !

LES TORTUES LUTHS

Les tortues de mer sont apparues sur terre il y a plus de 100 millions d'années, à l'ère des dinosaures. Ces reptiles anciens passent presque toute leur vie dans l'eau, mais leurs petits voient le jour sur la terre ferme, sous le voile protecteur de la nuit.

Cette tortue luth des Caraïbes est prête à pondre ses œufs. Elle rejoint la plage de nuit, pour être tranquille.

Pendant la pleine lune, la marée peut être très haute, si bien que l'eau peut monter très loin sur la plage. Ceci facilite les choses pour la tortue, qui peut se laisser porter jusqu'à un petit coin sûr qui restera au sec par la suite.

Lorsqu'elle a trouvé l'endroit idéal, la tortue creuse un trou dans le sable. Elle y pond ses œufs – parfois plus d'une centaine ! –, puis les recouvre de sable pour les cacher et les tenir au chaud.

Une fois ses œufs mis à l'abri, cette douce géante regagne l'océan ce même soir. Ses petits écloront seuls, dans plusieurs semaines.

Deux mois plus tard, dans le silence de la nuit, le nid s'agite. De petits becs sortent du sable. Sous la lune, l'air est frais, et il y a moins d'oiseaux et d'autres prédateurs dans les parages.

Les oiseaux, comme le **caracara huppé**, sont diurnes : ils ne sont actifs que le jour.

Les **crabes fantômes** chassent la nuit et sont une menace pour les jeunes tortues.

Chaque jeune tortue de mer est grande comme la paume de ta main. Comme leur mère, elles ont une carapace ronde, de puissantes nageoires et des yeux brillants.

Leur instinct leur dicte de rejoindre l'eau pour se mettre à l'abri. Profitant de l'obscurité, les petits reptiles filent jusqu'à l'océan.

Lorsqu'ils atteignent la plage, les vagues les emportent dans l'eau. Ça y est, leur vie sous-marine a commencé !

Malheureusement, presque toutes les espèces de tortues de mer sont menacées. Des zones protégées sont aujourd'hui mises en place pour garantir leur accès à des plages sûres, calmes et ombragées, où elles peuvent pondre en toute sécurité.

LES ANIMAUX MARINS DORMENT-ILS ?

Comme les humains, les animaux marins ont besoin de se reposer pour survivre. Mais leur sommeil est très différent du nôtre.

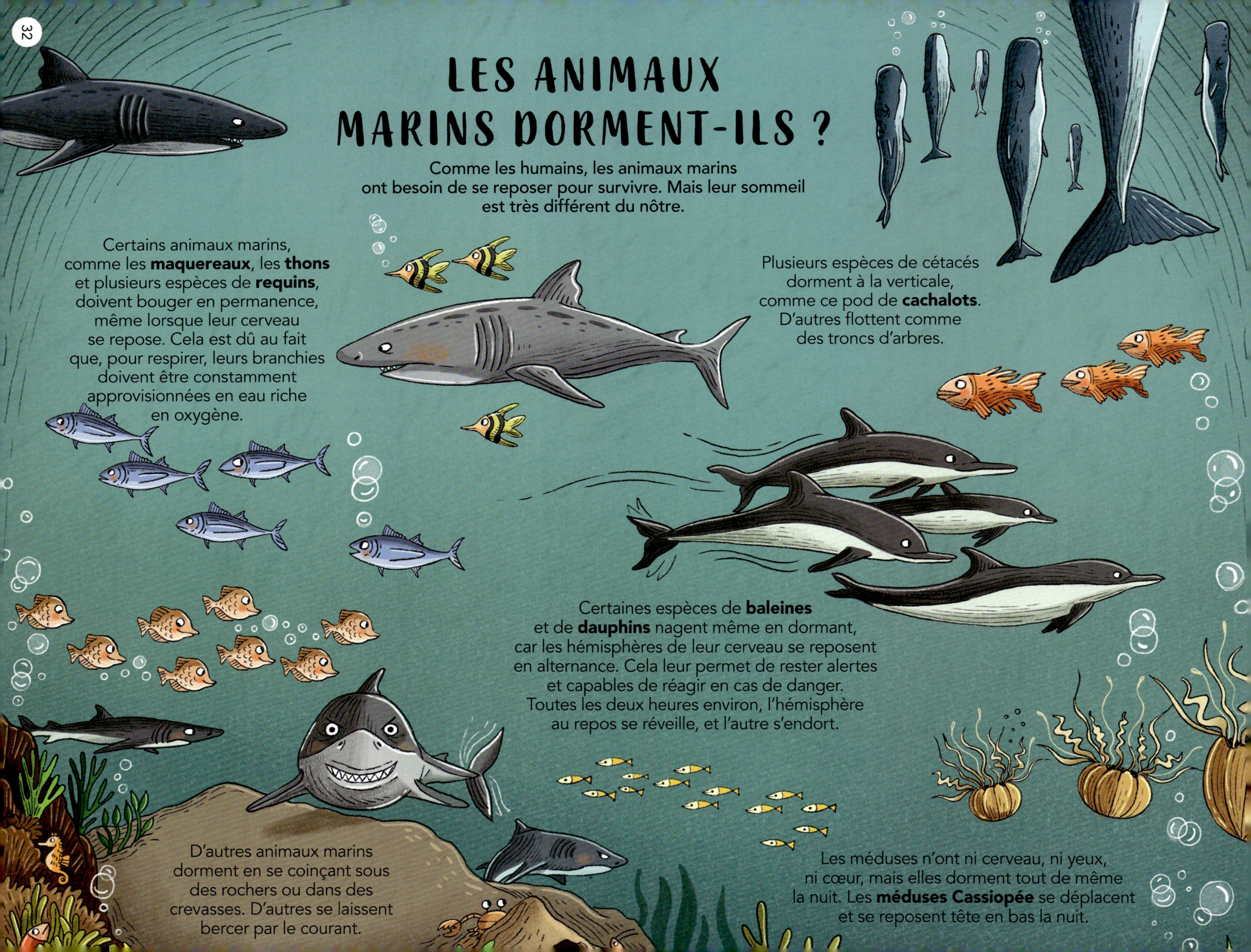

Certains animaux marins, comme les **maquereaux**, les **thons** et plusieurs espèces de **requins**, doivent bouger en permanence, même lorsque leur cerveau se repose. Cela est dû au fait que, pour respirer, leurs branchies doivent être constamment approvisionnées en eau riche en oxygène.

Plusieurs espèces de cétacés dorment à la verticale, comme ce pod de **cachalots**. D'autres flottent comme des troncs d'arbres.

Certaines espèces de **baleines** et de **dauphins** nagent même en dormant, car les hémisphères de leur cerveau se reposent en alternance. Cela leur permet de rester alertes et capables de réagir en cas de danger. Toutes les deux heures environ, l'hémisphère au repos se réveille, et l'autre s'endort.

D'autres animaux marins dorment en se coinçant sous des rochers ou dans des crevasses. D'autres se laissent bercer par le courant.

Les méduses n'ont ni cerveau, ni yeux, ni cœur, mais elles dorment tout de même la nuit. Les **méduses Cassiopée** se déplacent et se reposent tête en bas la nuit.

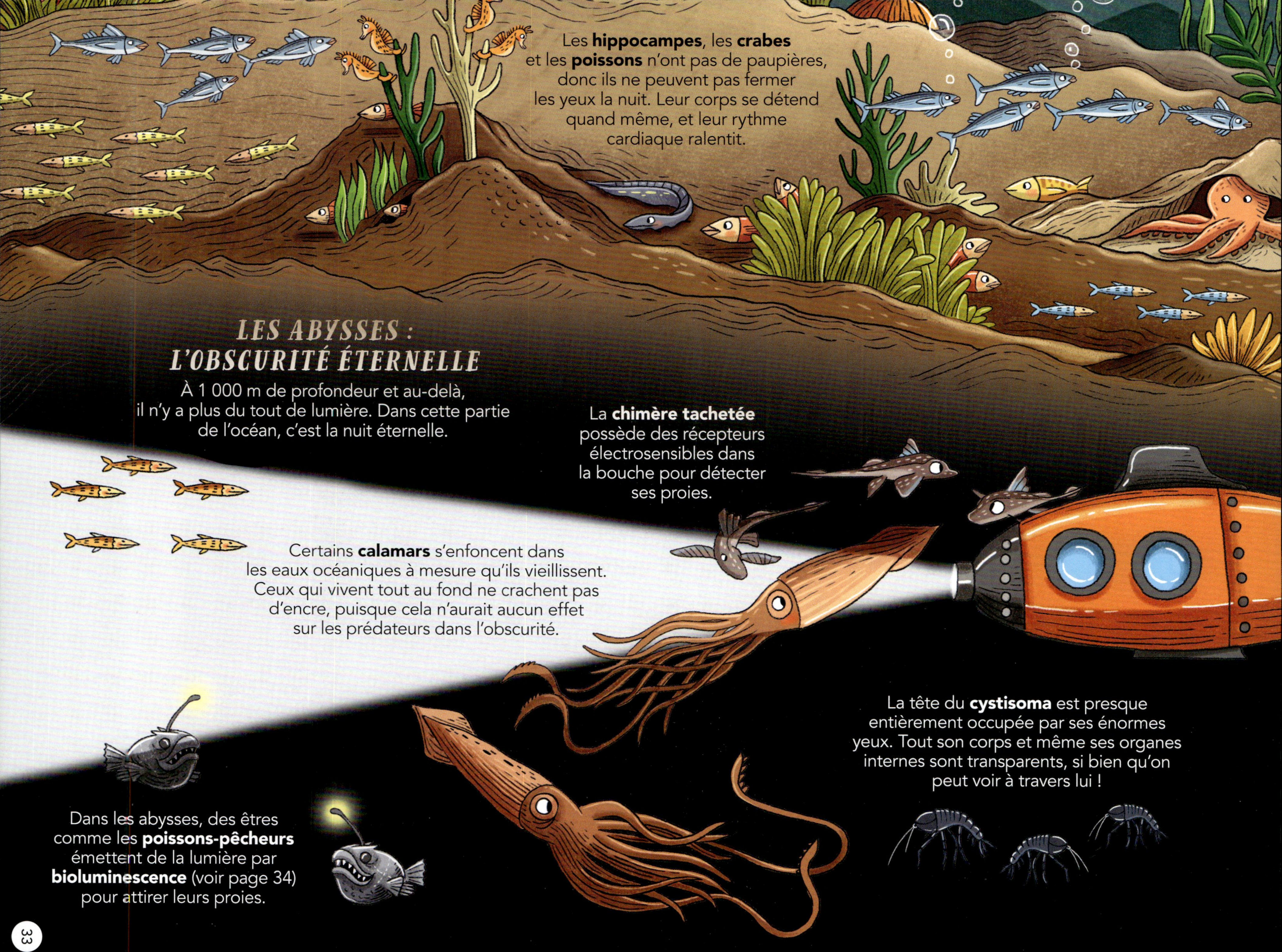

Les **hippocampes**, les **crabes** et les **poissons** n'ont pas de paupières, donc ils ne peuvent pas fermer les yeux la nuit. Leur corps se détend quand même, et leur rythme cardiaque ralentit.

LES ABYSSES : L'OBSCURITÉ ÉTERNELLE

À 1 000 m de profondeur et au-delà, il n'y a plus du tout de lumière. Dans cette partie de l'océan, c'est la nuit éternelle.

La **chimère tachetée** possède des récepteurs électrosensibles dans la bouche pour détecter ses proies.

Certains **calamars** s'enfoncent dans les eaux océaniques à mesure qu'ils vieillissent. Ceux qui vivent tout au fond ne crachent pas d'encre, puisque cela n'aurait aucun effet sur les prédateurs dans l'obscurité.

La tête du **cystisoma** est presque entièrement occupée par ses énormes yeux. Tout son corps et même ses organes internes sont transparents, si bien qu'on peut voir à travers lui !

Dans les abysses, des êtres comme les **poissons-pêcheurs** émettent de la lumière par **bioluminescence** (voir page 34) pour attirer leurs proies.

LES MICRO-ORGANISMES MARINS

L'océan est immense, mais la vie qui s'y active la nuit peut aussi être microscopique. Allons découvrir les exploits de minuscules organismes marins.

DINOFLAGELLÉS BIOLUMINESCENTS

L'eau des Caraïbes scintille, reflétant la lumière de millions de micro-organismes appelés **dinoflagellés**.

Les dinoflagellés font partie du **plancton**, un groupe de micro-organismes marins. Ils ont besoin de la lumière du soleil pour vivre et se développer, si bien qu'ils passent leurs journées près de la surface de l'eau.

Au cœur de la nuit, ils émettent souvent une lumière féerique, due à une réaction chimique nommée **bioluminescence**. Ce phénomène est magnifique à voir, et aide aussi ces petits êtres à rester en vie.

Lorsque l'eau autour d'eux est agitée par un prédateur, comme un poisson, ils émettent une lumière bleu-vert. Cette lueur soudaine surprend et perturbe le poisson, offrant aux dinoflagellés une chance de s'échapper.

Cette lumière attire aussi de plus gros prédateurs, comme des requins, qui s'empressent de gober les poissons qui étaient sur le point de dévorer les dinoflagellés !

Dans les eaux les plus profondes de l'océan, beaucoup d'espèces sont bioluminescentes : des poissons, des méduses, des calamars…

LA MIGRATION VERTICALE

Chaque nuit, des milliards de tout petits poissons et de minuscules espèces marines (qui forment ensemble ce que l'on appelle le **zooplancton**) quittent le fond des océans pour rejoindre la surface. Ce mouvement de masse s'appelle la **migration verticale** (ou **nycthémérale**), et c'est la plus grande migration de notre planète.

Pendant la journée, le zooplancton se cache au fond des océans, à l'abri des prédateurs qui rôdent à la surface des eaux.

La nuit venue, les prédateurs se reposent, et la surface est plus sûre, alors le zooplancton peut monter pour aller se nourrir et se reproduire. Certaines espèces s'élèvent ainsi de plus d'un kilomètre pour atteindre la surface !

Le zooplancton regagne le plancher océanique au lever du soleil. En zone arctique, pendant les longs hivers sans lumière, il se guide à la lumière de la lune. Ses déplacements évoluent au fil des mois pour s'adapter aux saisons et à la durée de la nuit.

À l'aube, le zooplancton retombe au fond de l'océan pour échapper aux prédateurs diurnes. C'est une sorte de grand jeu de cache-cache.

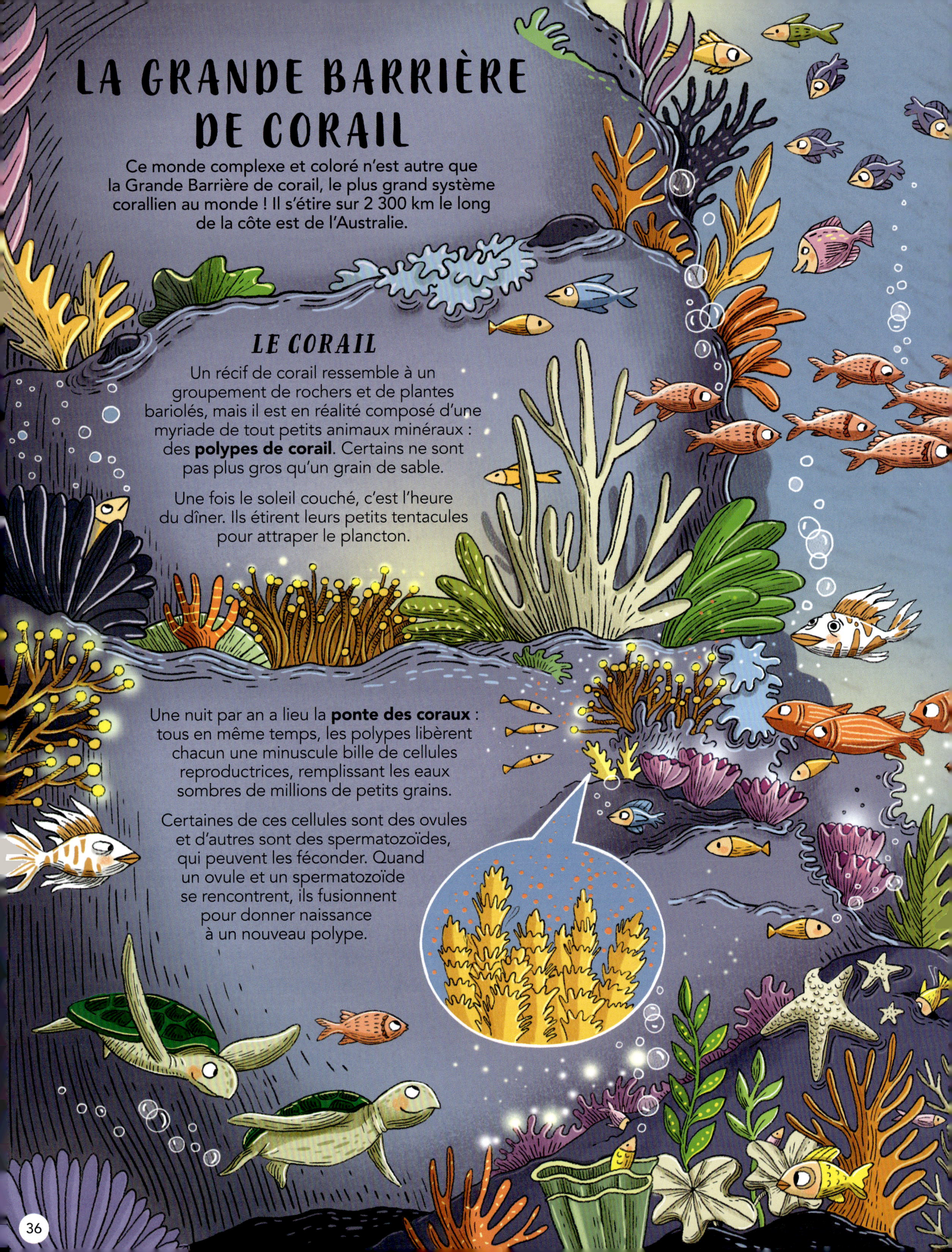

LA GRANDE BARRIÈRE DE CORAIL

Ce monde complexe et coloré n'est autre que la Grande Barrière de corail, le plus grand système corallien au monde ! Il s'étire sur 2 300 km le long de la côte est de l'Australie.

LE CORAIL

Un récif de corail ressemble à un groupement de rochers et de plantes bariolés, mais il est en réalité composé d'une myriade de tout petits animaux minéraux : des **polypes de corail**. Certains ne sont pas plus gros qu'un grain de sable.

Une fois le soleil couché, c'est l'heure du dîner. Ils étirent leurs petits tentacules pour attraper le plancton.

Une nuit par an a lieu la **ponte des coraux** : tous en même temps, les polypes libèrent chacun une minuscule bille de cellules reproductrices, remplissant les eaux sombres de millions de petits grains.

Certaines de ces cellules sont des ovules et d'autres sont des spermatozoïdes, qui peuvent les féconder. Quand un ovule et un spermatozoïde se rencontrent, ils fusionnent pour donner naissance à un nouveau polype.

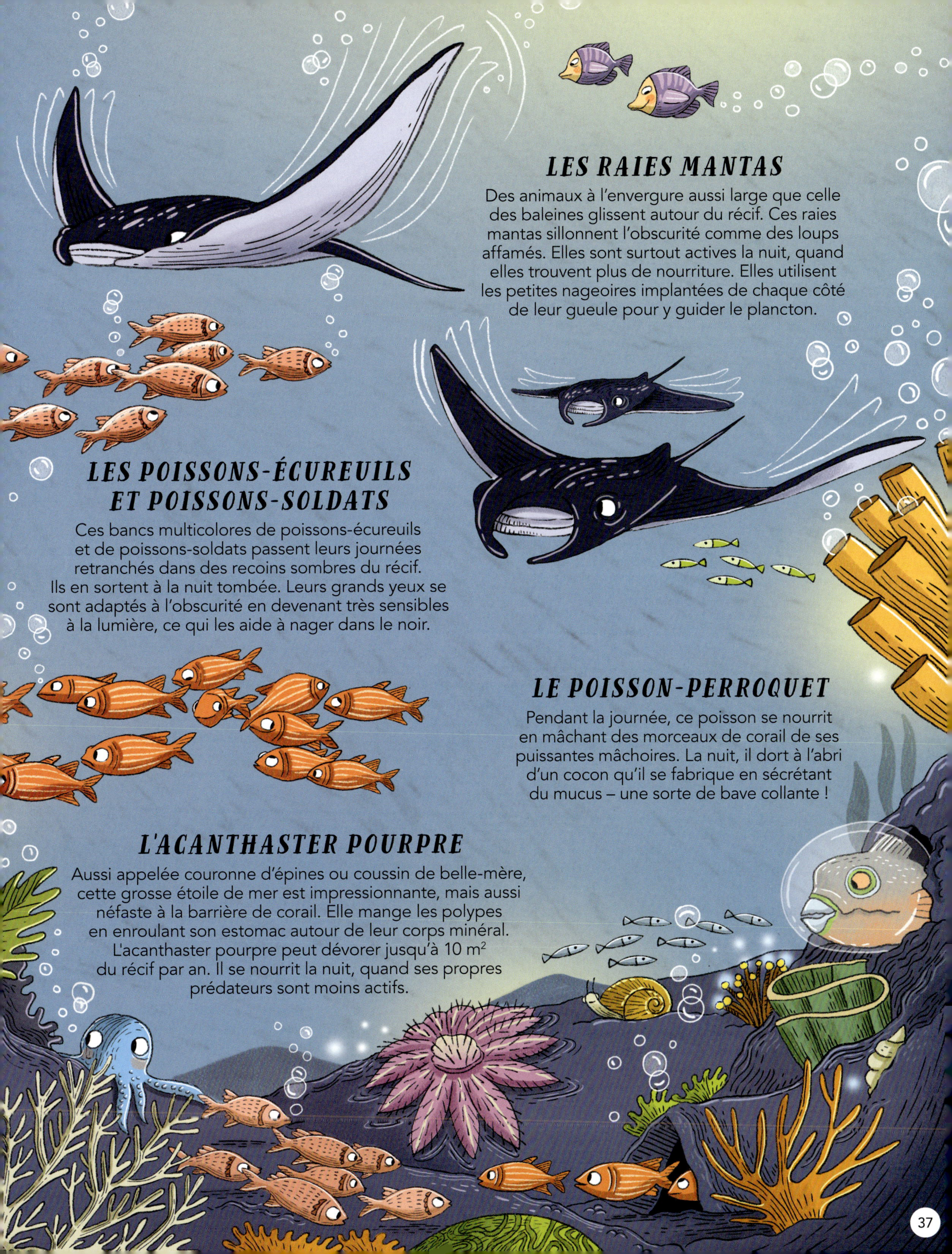

LES RAIES MANTAS

Des animaux à l'envergure aussi large que celle des baleines glissent autour du récif. Ces raies mantas sillonnent l'obscurité comme des loups affamés. Elles sont surtout actives la nuit, quand elles trouvent plus de nourriture. Elles utilisent les petites nageoires implantées de chaque côté de leur gueule pour y guider le plancton.

LES POISSONS-ÉCUREUILS ET POISSONS-SOLDATS

Ces bancs multicolores de poissons-écureuils et de poissons-soldats passent leurs journées retranchés dans des recoins sombres du récif. Ils en sortent à la nuit tombée. Leurs grands yeux se sont adaptés à l'obscurité en devenant très sensibles à la lumière, ce qui les aide à nager dans le noir.

LE POISSON-PERROQUET

Pendant la journée, ce poisson se nourrit en mâchant des morceaux de corail de ses puissantes mâchoires. La nuit, il dort à l'abri d'un cocon qu'il se fabrique en sécrétant du mucus – une sorte de bave collante !

L'ACANTHASTER POURPRE

Aussi appelée couronne d'épines ou coussin de belle-mère, cette grosse étoile de mer est impressionnante, mais aussi néfaste à la barrière de corail. Elle mange les polypes en enroulant son estomac autour de leur corps minéral. L'acanthaster pourpre peut dévorer jusqu'à 10 m^2 du récif par an. Il se nourrit la nuit, quand ses propres prédateurs sont moins actifs.

LES FORÊTS

C'est le milieu de la nuit dans la forêt. Les feuilles frissonnent, les brindilles cassent, les paupières clignotent. Certains animaux dorment, mais d'autres sont actifs : ils pistent des odeurs, avancent à pas feutrés et font ce qu'ils peuvent pour se nourrir. Même les petites plantes et les grands arbres ont leur routine nocturne à eux. L'obscurité recouvre tout, mais partout dans le monde, les bois prennent vie…

LA FORÊT AMAZONIENNE

L'air tiède et humide de la nuit vibre au son du vrombissement des insectes et des coassements des grenouilles. Des bêtes affamées marchent sans bruit dans l'obscurité. La jungle d'Amazonie, en Amérique du Sud, est la plus grande forêt tropicale humide au monde.

Ce **kinkajou** est un petit mammifère des tropiques. Il passe ses journées à dormir au creux des troncs d'arbres et sort la nuit pour se nourrir. Le dessous de ses pattes est dénué de poils. Ainsi, il sent mieux les branches dans le noir et se déplace plus facilement. Son ouïe est si fine qu'il entend les serpents glisser près de lui.

Aussi appelé le singe-chouette à cause de ses grands yeux, le **douroucouli** est le seul singe véritablement nocturne. Il est le plus actif quand la lune brille fort, car sa lumière lui permet de voir encore mieux son environnement.

Clignotant comme une petite étincelle dorée, cette **luciole** brille dans le noir. Cet insecte peut contrôler son éclat, qui vient d'une réaction chimique à l'intérieur de son corps. Il brille pour effrayer les prédateurs et attirer des partenaires pour se reproduire.

Ce cactus aux fleurs d'un blanc immaculé s'appelle **cierge de sélène** ou **reine de la nuit**. Ses fleurs ne s'épanouissent qu'une nuit par an : leurs pétales s'ouvrent au coucher du soleil et sont déjà fanés quand il se lève. Elles exhalent une odeur particulière pour attirer un pollinisateur nocturne : le **sphinx**, un papillon de nuit. Après s'être repu de son nectar, l'insecte emporte des grains de pollen d'une fleur à l'autre. D'autres plantes à floraison nocturne sont pollinisées par des chauves-souris.

Voici le champion des chasseurs de la jungle. Ce **jaguar** peut parcourir plus de 10 km en une seule nuit, sillonnant la forêt vierge à la recherche de son repas. Sous ses pattes, des pelotes (des coussinets) moelleuses l'aident à se déplacer sans bruit dans la forêt. Son pelage est couvert de rosettes (de taches) caractéristiques : noir et brun, elles le dissimulent dans les ombres mouchetées de la forêt.

Ce timide **tapir** est le plus gros mammifère terrestre d'Amazonie. La nuit, il se nourrit de plantes et de bananes. Sa trompe courte et puissante lui permet de trouver de quoi manger, mais aussi de détecter ses prédateurs.

LES SANGLIERS À BARBE

Dans la jungle de Bornéo, en Asie du Sud-Est, des lianes pendent des arbres, et des bruits étranges agitent la jungle. C'est la nuit, et un bataillon d'herbivores grognant est en approche.

Les sangliers à barbe (ou à moustaches !) sont plutôt actifs de jour, fouillant le sol de leur boutoir (la partie supérieure de leur groin) ou se prélassant dans la boue. Le soir, cependant, ils sont en route pour une importante mission nocturne.

Cette compagnie aux barbes hirsutes entame une migration qui s'étirera sur des centaines de kilomètres. Pendant des semaines, voire des mois, ces animaux ne se déplaceront que la nuit.

La migration de ces sangliers se fait au rythme du **masting** (la fructification de masse) des diptérocarpacées, ces immenses arbres qui dominent la canopée de Bornéo. Lorsqu'une zone de la forêt produit de très grandes quantités de fruits, les sangliers s'y rendent pour se régaler.

Les mâles les plus âgés, qui connaissent le mieux le chemin, guident patiemment la compagnie à travers la forêt sombre. Marcher dans le noir n'est pas sans risque, mais cela reste plus sûr pour eux que de voyager de jour.

LES CHAMPIGNONS BIOLUMINESCENTS

Ces champignons tropicaux sauvages ne sortent pas de l'ordinaire lorsque le soleil brille, mais, la nuit venue, ils brillent comme des lanternes de fées ! Ils contiennent une molécule appelée **luciférine**, qui produit de la lumière lorsqu'elle entre en contact avec une enzyme et de l'oxygène. Leur lueur attire les insectes, qui disséminent leurs spores (leurs graines) à travers les bois.

Quelques semaines plus tard, la compagnie rencontre un obstacle : une large rivière. Ensemble, les sangliers traversent péniblement le bras d'eau, s'aidant de leurs puissantes pattes pour atteindre l'autre berge. Puis ils reprennent leur route. Il leur arrive aussi de nager entre des îles.

Le voyage touche à sa fin, mais il reste une dernière embûche. Le chemin se raidit à mesure que les sangliers gravissent une montagne. Heureusement, ils sont aussi bons grimpeurs que nageurs. Les arbres qui recouvrent les pentes alentour les dissimulent plutôt bien, mais ils ne savent jamais quand un prédateur pourrait les observer.

LA PANTHÈRE NÉBULEUSE

Ce félin discret est une panthère nébuleuse. Grimpeuse hors pair, elle aime se cacher entre les branches des arbres, prête à bondir sur de jeunes sangliers à barbe ou d'autres animaux qui viendraient à passer par là. Elle préfère chasser de nuit, quand il y a moins de compétition entre prédateurs.

Enfin, ces animaux téméraires atteignent leur destination. Ils marchent depuis des mois, et les voici bien récompensés : c'est un immense festin de fruits et de noix qui les accueille. De quoi reprendre des forces et donner naissance à de nombreux marcassins ! La randonnée nocturne de cette compagnie est terminée – pour l'instant, en tout cas.

LES FORÊTS EUROPÉENNES

Les forêts de l'Europe de l'Ouest sont très différentes des jungles tropicales. Il y fait plus froid la nuit et, au premier abord, elles semblent aussi plus silencieuses. Mais si tu t'avances entre les chênes et les houx, tu verras qu'elles regorgent de vie…

LES PLANTES DURANT LA NUIT

Partout sur terre, les plantes sont bien occupées, même une fois le soleil couché. Pendant la journée, elles réalisent le processus de photosynthèse : elles utilisent l'énergie de la lumière pour transformer l'eau et le dioxyde de carbone en nutriment. Par ce biais, elles produisent aussi de l'oxygène, le gaz que respirent tous les êtres vivants.

La nuit, la photosynthèse s'arrête, mais les plantes continuent à travailler. Elles n'ont pas de poumons, mais elles respirent 24 heures sur 24, consommant un peu d'oxygène et relâchant du dioxyde de carbone. Ce phénomène de **respiration** permet de maintenir l'équilibre des gaz dans l'air et le sol.

Les plantes ne font pas que respirer la nuit, elles poussent aussi, en utilisant l'énergie qu'elles ont accumulée pendant la journée.

À l'orée des bois vivent d'étranges coléoptères : les **vers luisants**. Ils ressemblent aux lucioles de l'Amazonie. Les soirs d'été, les femelles font briller leur derrière d'une lueur verte pour attirer les mâles. Comme elles n'ont pas d'ailes, elles grimpent au sommet d'herbes hautes pour être sûres d'être vues.

Quand le soleil se couche, les **chauves-souris** se lèvent. Ces mammifères au vol rapide passent leur vie dans une obscurité presque constante. Grâce à leurs petits yeux, elles chassent selon la technique de l'écholocalisation.

Pour ce faire, elles émettent de nombreux cliquetis et de sifflements. Ces sons reviennent à leurs oreilles après avoir rebondi sur les surfaces qu'ils rencontrent : insectes, feuilles… Cela permet aux chauves-souris de se faire une « image » de ce qui les entoure, même dans le noir, et donc de savoir où voler pour se goinfrer de moucherons et de papillons de nuit.

Prends garde à cette chasseresse silencieuse. La **chouette hulotte** vole sans bruit grâce aux sourdines qui bordent ses plumes, des dentelures qui étouffent le bruit de ses battements d'ailes. Elle aime se percher haut, comptant sur son ouïe et sa vue perçante pour détecter souris et campagnols sur le sol de la forêt. Lorsqu'elle repère son dîner, elle fond sur sa proie et la prend dans ses serres acérées.

Le **blaireau** ne voit pas souvent la lueur du jour. Il passe ses journées au fond de sa taissonnière (son terrier) où règne un noir complet. Il n'en sort qu'à la nuit tombée pour trouver des vers et d'autres insectes à se mettre sous la dent. Comme beaucoup d'animaux fouisseurs (qui vivent sous terre), il a de petits yeux, pour que la poussière et la terre aient moins de chances de s'y glisser. Il a aussi des pattes puissantes et une truffe très sensible qui l'aident à trouver de quoi se nourrir à la surface.

COMMENT LES ANIMAUX VOIENT-ILS LA NUIT ?

La nuit, les humains n'y voient pas grand-chose. Les formes, et plus encore leurs détails, sont indistinctes et floues. Mais pour bien des animaux nocturnes, le monde est tout aussi net de nuit qu'il l'est pour nous de jour.

DE PLUS GRANDS YEUX

Beaucoup d'espèces ont des yeux plus gros en proportion de leur corps que les espèces diurnes.

Par exemple, il y a le **tarsier**, un petit animal dont les yeux sont aussi gros que le cerveau ! Ses pupilles sont réduites au maximum quand le soleil brille, mais elles se dilatent largement la nuit venue. Ainsi, il capte le plus possible de lumière. Ses globes oculaires (ses yeux) sont tellement énormes qu'ils ne peuvent pas bouger dans leurs orbites. Pour compenser, il peut tourner sa tête à 180°. Les rapaces nocturnes, eux, peuvent tourner leur tête à 270°.

La **rainette** a une bonne vue de nuit grâce à ses yeux globuleux. Elle voit devant elle, mais aussi sur les côtés et un peu derrière elle.

Les yeux du **gecko** sont 350 fois plus sensibles à la lumière que les nôtres. Ainsi, il distingue les couleurs même dans la pénombre.

LES CÔNES ET BÂTONNETS

Chaque œil se compose, entre autres, d'une **rétine** : une mince membrane qui capte la lumière grâce à des cellules spéciales, appelées **cônes** et **bâtonnets**. Les premiers nous permettent de voir les couleurs, les détails et assurent la vision diurne. Les seconds nous aident à percevoir les formes et les mouvements et procurent la vision nocturne.

Les animaux nocturnes ont souvent plus de bâtonnets que de cônes, ce qui leur confère une excellente vue dans le noir. Les rapaces nocturnes, par exemple, ont de très grandes rétines, composées de près de cinq fois plus de bâtonnets que les nôtres. Cependant, la plupart d'entre eux ne voient que peu de couleurs : pour eux, le monde n'est que noir, blanc et nuancé de gris.

LE TAPETUM LUCIDUM

De nombreuses espèces nocturnes sont dotées d'un *tapetum lucidum* ou tapis clair : une couche de tissu qui tapisse le fond du globe oculaire. Elle agit comme un miroir : la lumière qui pénètre l'œil s'y reflète et touche à nouveau la rétine. Parce que celle-ci perçoit la lumière deux fois, la vision nocturne est améliorée.

C'est le *tapetum lucidum* qui fait que les yeux de certains animaux brillent quand ils croisent le faisceau d'une torche ou des phares d'une voiture.

D'autres animaux ont une autre manière de « voir » dans le noir. En Amérique centrale, une espèce de serpents pend du plafond de grottes. Ils utilisent les rayonnements infrarouges pour détecter leurs proies : ils perçoivent la chaleur que dégage le corps des chauves-souris qui volent près d'eux ! En un éclair, elles sont croquées !

LES PLAINES ET LES DÉSERTS

Le soleil s'est couché sur la savane il y a deux heures. Le ciel est parsemé d'étoiles, et une douce brise berce les acacias. Tu pourrais croire que le silence règne sur ce paysage, mais il n'en est rien : dans toutes les plaines et les déserts du monde, des animaux de toutes les tailles et de toutes les formes pointent leur museau. Après la chaleur accablante et la lumière aveuglante de la journée, la nuit leur permet de se déplacer, de se cacher, de paître et de chasser.

LA SAVANE

Dans les vastes étendues herbeuses de la savane africaine, de grands épineux se dressent vers le ciel tandis que la nuit s'étire sur les collines. Partout, des animaux guettent, rampent et pistent.

Ce **galago d'Afrique du Sud** a de grands yeux pour voir dans le noir et de grandes oreilles pour entendre les insectes courir sur les branches. Il a l'air mignon, mais il a une étrange habitude : il fait souvent pipi sur ses mains et ses pieds. On pense que cela l'aide à mieux s'accrocher aux branches.

Cette **hyène brune** hirsute a les sens aiguisés ! Elle localise son dîner grâce à son odorat hors norme et marche près de 40 km chaque nuit. Sa truffe a plus de récepteurs olfactifs que notre nez. Cela lui permet de repérer l'odeur de charognes (les cadavres d'animaux tués par d'autres) à plus d'un kilomètre.

Ce **porc-épic** à crête passe ses nuits à fouiller le sol à la recherche de racines, de bulbes et de fruits. Lorsqu'un prédateur s'approche trop près de lui, il dresse ses piquants et secoue sa queue, faisant entendre un bruit de crécelle dans la nuit.

Ces fleurs pâles en forme d'étoiles sont des **phlox de nuit**, aussi appelé **bonbon de minuit**. Elles s'ouvrent à la nuit tombée, exhalant un doux parfum de miel qui attirent les papillons de nuit.

Beaucoup d'insectes africains sont plutôt actifs de jour. Le **criquet à armure**, lui, sort la nuit et il le fait savoir ! Le mâle frotte ses élytres l'un contre l'autre pour émettre une stridulation qui résonne dans la nuit. Ce bruit assourdissant effraie les prédateurs, les décourageant de s'approcher, mais il attire les femelles.

L'**hippopotame** passe ses journées à patauger dans de l'eau boueuse pour se rafraîchir. Le soleil brille souvent trop pour lui, mais, quand la nuit tombe et que la température chute, il se dandine le long des berges pour brouter. Il peut dormir dans l'eau et sur terre !

Cette **mangouste** est craintive et nocturne. Sa longue queue blanche sert à tromper ses prédateurs. Si elle est chassée pendant la nuit, son poursuivant sautera sans doute sur sa queue plutôt que sur sa tête ou son corps, qui sont plus sombres et donc moins visibles.

LES LIONS D'AFRIQUE

Une troupe de lions est un spectacle pour le moins impressionnant. Leurs crocs sont acérés, leurs griffes sont redoutables, et leur pelage couleur sable se confond avec les herbes sauvages. Le plus souvent, ce sont les lionnes qui chassent, et 90 % de leurs proies sont tuées la nuit.

Imagine la savane africaine au crépuscule. Alors que la lumière décline, les lionnes s'éloignent de la troupe à travers les hautes herbes, à la recherche d'une proie.

Il peut leur arriver de chasser de jour, mais elles préfèrent le faire entre chien et loup, quand il est plus facile de se cacher. Les animaux qui sont actifs au lever et au coucher du soleil sont dits « crépusculaires ».

L'obscurité s'épaissit, mais les lionnes ont une excellente vision de nuit. Les marques claires sous leurs yeux renvoient la lumière vers leurs pupilles.

Les lionnes chassent souvent en meutes de deux ou trois. Les antilopes et les zèbres n'ont pas la meilleure des vues, mais ils peuvent courir vite, si bien que les lionnes doivent coopérer pour manger !

La pleine lune, et sa lumière vive, rend les choses plus compliquées pour les lions, qui préfèrent rester tapis dans le noir. Les conditions sont parfaites, ce soir : c'est la nouvelle lune.

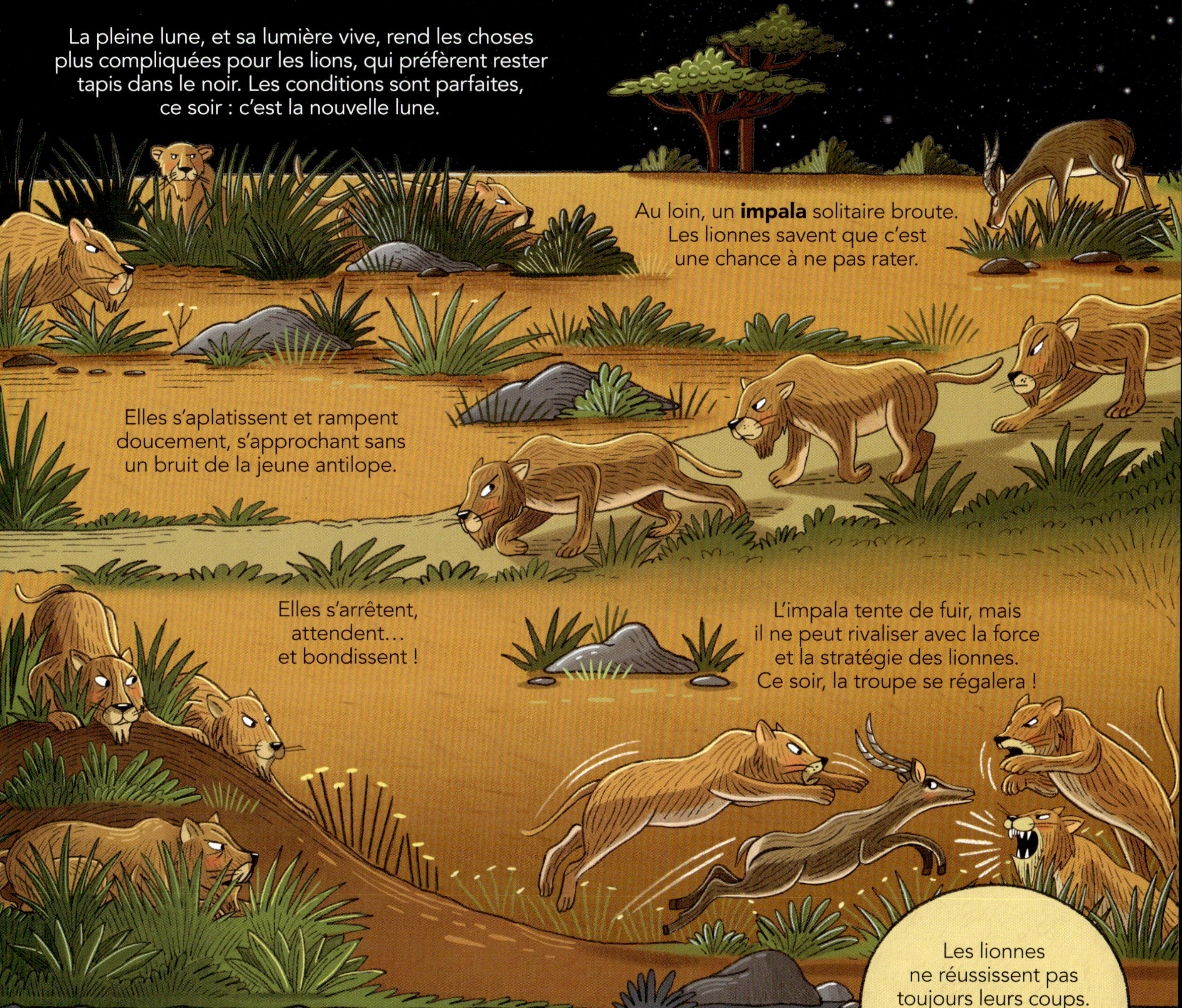

Au loin, un **impala** solitaire broute. Les lionnes savent que c'est une chance à ne pas rater.

Elles s'aplatissent et rampent doucement, s'approchant sans un bruit de la jeune antilope.

Elles s'arrêtent, attendent… et bondissent !

L'impala tente de fuir, mais il ne peut rivaliser avec la force et la stratégie des lionnes. Ce soir, la troupe se régalera !

Les lionnes ne réussissent pas toujours leurs coups. Moins d'un tiers de leurs tentatives réussissent.

LES CHASSEURS NOCTURNES DES PLAINES

Le **dingo** est un type de chien sauvage australien. Dans les zones les plus chaudes de ce pays, il chasse la nuit. Ses articulations souples en font un excellent grimpeur.

Le **puma**, aussi nommé lion des montagnes ou cougar, peuple l'Amérique du Nord et du Sud. C'est un chasseur solitaire. Parmi tous les félins, il a les plus grosses pattes arrière par rapport à sa taille. Il peut s'attaquer à des proies trois fois plus grosses que lui, comme des vigognes.

LES TEMPÉRATURES DANS LE DÉSERT

De jour, les déserts sont les zones les plus chaudes de la planète. Étonnamment, de nuit, la température y dégringole.

La Vallée de la Mort, en Californie, est l'endroit le plus chaud d'Amérique du Nord. On y a déjà mesuré une température de 56,7 °C en journée. Peu d'êtres vivants peuvent survivre à un tel cagnard.

La vallée est entourée de quatre chaînes de montagnes. Les rayons ardents du soleil se reflètent sur les dunes et se retrouvent prisonniers dans la cuvette formée par les montagnes.
Mais une fois le soleil couché, le mercure retombe, parfois jusqu'à - 4 °C… gla-gla !

POURQUOI FAIT-IL SI FROID DANS LE DÉSERT LA NUIT ?

La première raison à cela est le sable. Contrairement à la terre, le sable ne conserve pas bien la chaleur : il reste chaud tant que les rayons du soleil le touchent.. Quand le soleil disparaît, la chaleur du sable s'évapore dans la nuit.

La seconde raison est la sécheresse. Dans le désert, il n'y a quasiment aucune humidité dans l'air. Dans la jungle, l'humidité aide le sol à conserver sa chaleur, un peu comme une immense couette. Mais dans le désert, l'air sec ne peut pas faire la même chose.

COMMENT LES ANIMAUX DU DÉSERT RÉSISTENT-ILS AU FROID ?

Allons passer la nuit dans le désert de Sonora, en Amérique du Nord.

Le **bois de fer d'Arizona** est une plante nounou : elle protège les jeunes arbres et les semis du froid nocturne.

La nuit, le rythme cardiaque du **colibri de Costa** ralentit en passant de plus de 500 à seulement 50 battements par minute. Ce ralentissement permet à l'oiseau de garder de l'énergie pour se tenir chaud.

L'**antilope d'Amérique** a des poils creux qui conservent la chaleur de son corps. Cela lui permet de se maintenir au chaud quand la température chute.

De la même manière que bouger nous réchauffe, le **papillon de nuit** bat des ailes pour se tenir chaud. Il pollinise les **cereus**, un type de cactus dont les fleurs s'épanouissent la nuit.

LE DÉSERT D'ARABIE

Partons à la découverte des dunes douces et rondes du désert d'Arabie. Les animaux que l'on y rencontre la nuit ne craignent pas le froid sec qui y règne alors.

Avançant à pas feutrés à la lueur de la lune, voici que vient un **chat des sables**. Ses larges oreilles, plus grandes que celles d'un chat domestique, perçoivent le moindre bruissement de sa proie sur le sable. Son pelage lui tient chaud la nuit.

Semblant être le croisement d'une souris et d'un kangourou, cet adorable petit rongeur est une **gerboise du désert**. Ses vibrisses l'aident à appréhender son environnement, dans son terrier comme en dehors. Ses immenses oreilles, qui rappellent celles des chauves-souris, sont aux aguets, réactives au moindre signe de danger.

Tous deux ont le dessous des pattes couvert de duvet, ce qui les protège de la chaleur du sable le jour et du froid la nuit. Ces poils adhèrent au sable et les empêchent de glisser lorsqu'ils courent ou changent de direction. Leurs traces sont difficiles à pister, car, grâce à cette protection moelleuse, ils ne s'enfoncent presque pas dans le sable.

Cet animal aux grandes oreilles est un **fennec**. Son ouïe est si fine qu'il arrive à entendre les insectes sous le sable. Elles lui servent aussi à réguler sa température : les vaisseaux sanguins qui les parcourent sont juste sous la peau, ce qui permet à son corps de relâcher la chaleur durant la journée pour être en forme au moment de chasser le soir.

Dans les zones tempérées ou froides du globe, les serpents sont actifs le jour, mais cette **vipère à cornes** ne sort que la nuit, quand le désert s'est rafraîchi. Elle se tapit discrètement, à l'affût de lézards ou de hérissons. Avec son corps couleur sable, elle se fond dans le décor et devient quasiment indétectable une fois le soleil couché.

Le **hérisson du désert**, téméraire, peut se révéler un épineux problème pour ses adversaires. Attaqué par une vipère à cornes, il utilisera ses piquants pour se protéger et n'hésitera pas à mordre le serpent, car ses mâchoires sont suffisamment puissantes pour lui percer la peau. Ses reins aident son organisme à conserver l'eau, ce qui est indispensable dans un environnement aussi aride.

Si jamais tu entends se répéter un étrange chant d'oiseau la nuit au milieu des dunes, c'est sans doute un **engoulevent du désert**. Cet oiseau se cache toute la journée et se nourrit d'insectes la nuit. Son large bec est idéal pour gober les insectes au ras du sable.

AU BOUT DU MONDE

Dans les régions polaires, les nuits d'hiver sont illuminées d'étoiles, glaciales et très, très longues. En Arctique comme en Antarctique, les terres et les mers sont plongées dans l'obscurité pendant des semaines, voire des mois. Alors que de mornes étendues glacées s'étirent aussi loin que porte leur vue, humains et animaux autochtones doivent être aussi tenaces que malins pour survivre.

LES NUITS POLAIRES

Dans la zone arctique, la nuit dure plusieurs mois. Ces longues périodes d'obscurité sont appelées **nuits polaires**. Pour les animaux qui les vivent, elles sont synonymes d'autant de difficultés que d'aubaines.

QUE SONT LES NUITS POLAIRES ?

Ces périodes d'obscurité sont dues à l'inclinaison de l'axe de la Terre : en hiver, les zones les plus septentrionales (au nord) de notre planète sont éloignées du Soleil. À mesure que la Terre tourne, les rayons du Soleil ne peuvent plus les atteindre, et elles restent plongées dans le noir, parfois pendant des mois.

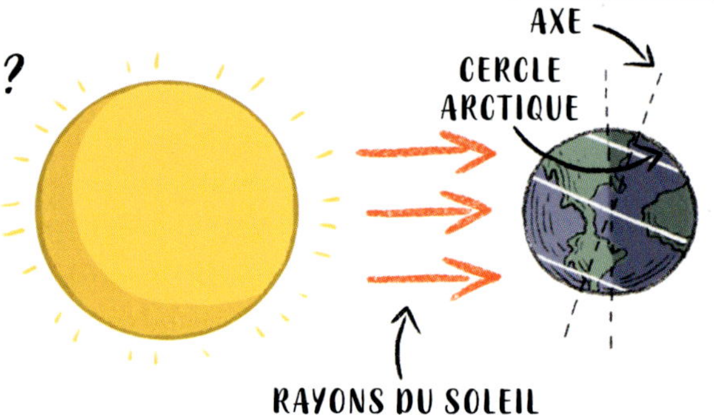

Plus on est proche du pôle Nord, plus les nuits polaires sont longues. Dans les zones où le soleil reste juste sous l'horizon, le ciel reste bleu nuit.

La longue période d'obscurité impose un climat rude. Les espèces locales doivent s'adapter à des températures glaciales.

À Kangerlussuaq, au Groenland, les nuits peuvent durer 22 heures en hiver. Pour s'isoler du froid, le **bœuf musqué** se couvre d'un sous-poil très dense. Il le perd à la fin de l'hiver.

L'île Banks, au Canada, connaît chaque année presque trois mois sans lumière. Les **lièvres arctiques** que l'on y trouve ont les pattes, les oreilles et la queue courtes pour réduire au maximum la déperdition de chaleur.

L'archipel norvégien de Svalbard se retrouve lui aussi dans le noir pendant trois mois tous les ans. Le **renne du Spitzberg**, qui y vit, est plus trapu que ses congénères, pour survivre au froid.

L'HIVER EN ALASKA

Ici en Alaska, l'hiver approche, et les animaux se préparent aux longues nuits à venir.

Certaines espèces migrent, comme le **caribou**, ou hibernent, comme le **spermophile arctique** (une sorte d'écureuil).

Pour d'autres, le train-train quotidien ne change pas. Le **loup arctique** chasse à la lumière de la lune, sentant sa proie à 2 km de distance grâce à son odorat de compétition.

Le **renard polaire**, lui aussi, chasse pendant la longue nuit polaire. Ses oreilles très sensibles détectent les bruits des proies qui filent sous la neige.

Les yeux du **grand-duc d'Amérique** contiennent des cellules spéciales qui lui confèrent une vision nocturne exceptionnelle. Ses plumes aux bordures dentelées le laissent planer sans un bruit jusqu'à ses proies.

LES AURORES POLAIRES

Certaines nuits d'hiver, quand le temps est clair, on voit apparaître au-dessus de nos têtes des vagues aux couleurs chatoyantes qui ondulent et dansent sur la toile noire du ciel. Ce spectacle à couper le souffle est un phénomène appelé **aurore polaire**.

D'OÙ VIENNENT LES AURORES POLAIRES ?

Ces lueurs multicolores sont dues à l'activité du Soleil, à des millions de kilomètres de la Terre. À chaque fois qu'une éruption se produit à la surface de notre étoile, elle projette dans l'espace des flux de particules magnétisées, les vents solaires. Lorsque ces vents s'approchent de notre planète, ils sont attirés par ses deux pôles, car c'est là où le champ magnétique terrestre est le plus fort. Lorsque les particules qui les composent entrent en contact avec les gaz de notre atmosphère, elles réagissent et s'illuminent.

Les aurores polaires se produisent toute l'année, mais c'est pendant les longues et profondes nuits d'hiver qu'on les voit le mieux. Elles peuvent être vertes, roses, bleues, orange, violettes ou jaunes.

Elles sont observables dans les deux hémisphères. Au Nord, on parle d'aurores boréales. Au Sud, on parle d'aurores australes.

Les aurores boréales fascinent depuis toujours les peuples des régions arctiques. Certains voyaient en elles un signe des dieux ou de leurs ancêtres. En finnois, on les appelle *revontulet*, ce que l'on peut traduire par « feux de renard ». Une légende locale veut que, il y a très longtemps, des renards de feu vivaient en Laponie et qu'ils envoyaient des étincelles dans le ciel grâce aux flammes de leur queue.

On pourrait croire qu'il est impossible de vivre pendant les nuits polaires, sans la chaleur et la lumière du soleil. Mais les locaux s'en accommodent : ils partent se promener à pied, à ski ou en traîneau sous un ciel velouté. Ils apprécient aussi le calme et le confort qu'offre cette saison : les bougies que l'on allume, les veillées autour des flambées… De nombreux foyers sont équipés de lampes qui simulent la lumière du soleil.

L'ANTARCTIQUE

Aux confins du monde, en Antarctique, des scientifiques travaillent à mieux comprendre cet immense continent vide. Près de 5 000 chercheurs vivent là l'été et 1 000 d'entre eux y restent l'hiver, pendant l'interminable nuit polaire.

Plus on est proche du pôle Sud, plus la nuit polaire s'allonge. Les scientifiques doivent être vigilants pendant le long hiver dénué de lumière. Très peu de bateaux ou d'avions peuvent alors les atteindre, si bien qu'ils sont bloqués là jusqu'à la fin de la nuit polaire.

Lorsqu'ils sortent, les chercheurs doivent porter des vêtements spéciaux pour faire face au froid extrême : de longs sous-vêtements thermiques, plusieurs couches d'habits chauds, des coupe-vent, des bottes imperméables, de gros gants, des bonnets et des passe-montagnes.

Pour aller d'un bâtiment à un autre, ils se cramponnent à un chemin bordé de cordes. Ces cordes sont indispensables pendant les tempêtes, quand la nuit n'est que flocons de neige furieux et bourrasques cinglantes.

Le pôle Nord est une immense et épaisse mer de glace qui flotte sur l'océan. Le pôle Sud, même s'il est lui couvert d'une calotte glaciaire, est bien un continent, si bien qu'il est plus haut au-dessus de l'océan. Résultat : les nuits polaires y sont plus froides, plus sèches, plus calmes et plus venteuses qu'en Arctique.

Sur terre, c'est depuis l'Antarctique qu'on voit le mieux l'espace.

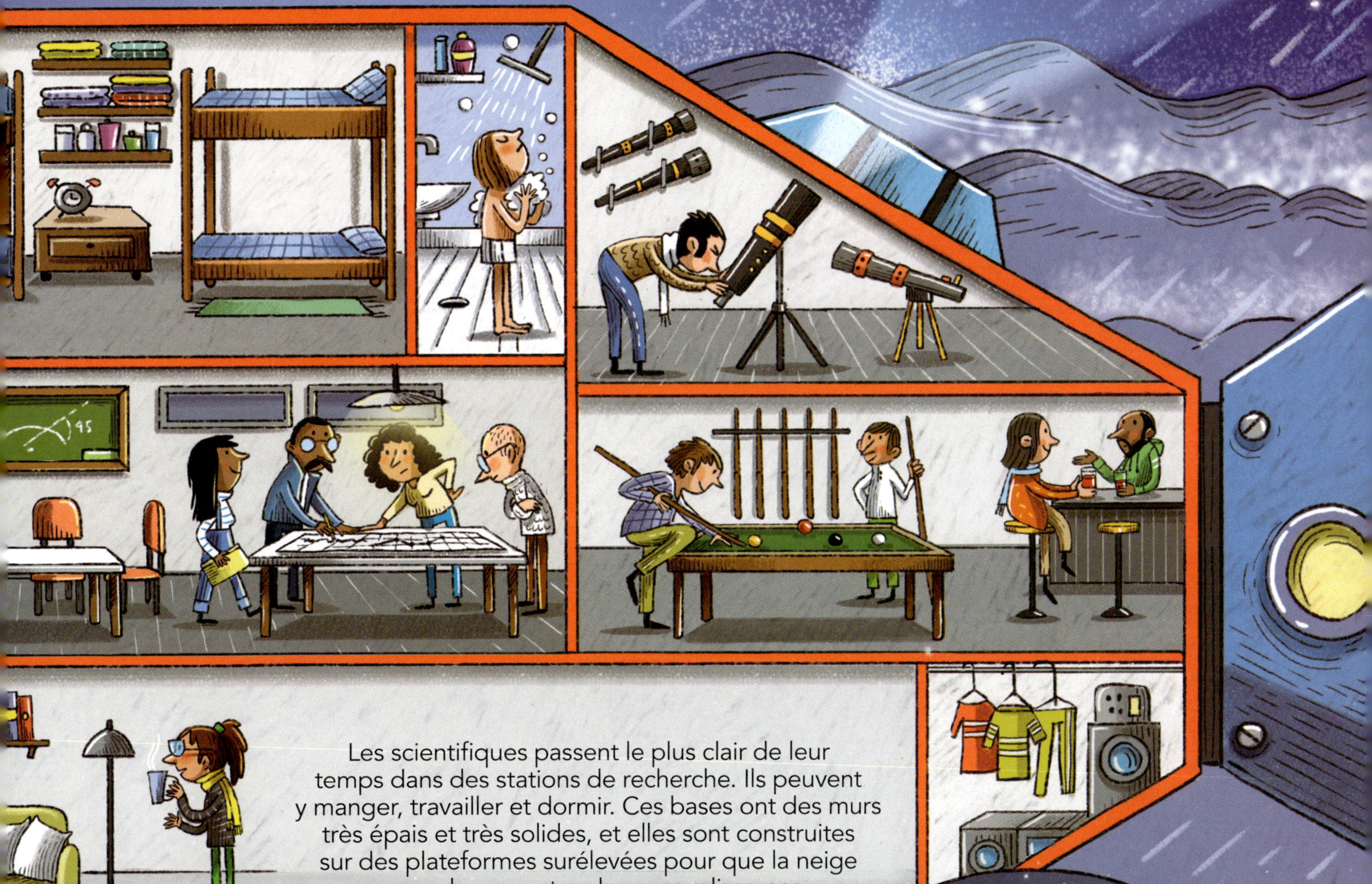

Les scientifiques passent le plus clair de leur temps dans des stations de recherche. Ils peuvent y manger, travailler et dormir. Ces bases ont des murs très épais et très solides, et elles sont construites sur des plateformes surélevées pour que la neige passe dessous et ne les ensevelisse pas.

OÙ SONT LES ANIMAUX ?

Les températures glaciales et les vents farouches rendent les mois d'obscurité encore plus rudes, et peu d'espèces peuvent y survivre. Des phoques, des baleines et des oiseaux restent là toute l'année, mais la majorité des animaux migrent au nord avant que la nuit polaire ne tombe. Plusieurs espèces de manchots vivent en Antarctique ou aux alentours, mais la plupart d'entre eux fuient aussi le froid extrême.

LES MANCHOTS EMPEREURS

Alors que l'interminable nuit polaire approche, des milliers de manchots empereurs s'affairent en Antarctique…

La plupart des animaux fuient l'Antarctique à l'approche de l'hiver, par les airs ou par les mers. Les manchots empereurs, eux, marchent vers l'intérieur du continent, s'éloignant du littoral.

Après avoir fait un long voyage jusqu'à leur rookerie (leur zone de nidification), les manchots commencent leur cycle de reproduction.

Chaque femelle pond un œuf. Elle le confie au mâle juste au moment où la nuit polaire débute. Pendant deux mois complets, les mâles se rassemblent en tortues (de petits groupes très compacts) pour affronter le froid glacial. Chaque oiseau couve l'œuf posé sur ses pieds, le gardant bien au chaud sous son ventre. Pendant tout ce temps, ces papas dévoués vivent sans lumière et sans nourriture !

Pendant ce temps-là, les femelles rallient la côte et passent plusieurs semaines à faire bombance pour retrouver des forces et reconstituer leurs réserves de graisse. Ainsi, elles seront assez fortes et endurantes pour nourrir leur oisillon quand il éclora.

Le manchot empereur est le plus grand et le plus lourd des manchots. Son corps trapu est couvert de deux couches de plumes, ce qui lui permet de résister au froid polaire.

Même lorsque la tempête fait rage et que le thermomètre affiche des valeurs inférieures à - 40 °C, la colonie de mâles ne bouge pas.

Les manchots changent régulièrement de place au sein des tortues pour se protéger du vent et du froid. Cette organisation leur permet de survivre aux conditions extrêmes de la nuit polaire.

Après plus de huit semaines, alors que la nuit polaire touche à sa fin et que le ciel commence à s'éclaircir, les œufs éclosent enfin, et des oisillons au duvet gris en sortent.

Bientôt, les femelles retrouvent la colonie.

Les couples nourrissent leur oisillon en régurgitant la nourriture (le poisson) qu'ils mangent. Pas très ragoutant de notre point de vue, mais un vrai régal pour les jeunes manchots !

La vie de famille suit son cours. Ce cycle se répétera lors de la prochaine nuit polaire…

LES ANIMAUX DES VILLES

Les villes n'abritent pas que des humains : une fois le soleil couché, de nombreux animaux sortent de leur cachette pour arpenter les rues. En grandissant, les villes grignotent les campagnes alentour, et bien des espèces doivent apprendre à survivre sur le bitume. L'environnement urbain pourrait sembler hostile aux animaux, mais il leur offre les mêmes ressources qu'à nous : de la nourriture, un logis et une famille.

LONDRES, *ANGLETERRE*

Des **renards roux** parcourent les rues de Londres depuis un siècle, surtout la nuit. Ce sont plutôt des animaux des campagnes, mais comme les humains ont mis à mal leur milieu naturel, ils ont été forcés de s'adapter et d'apprendre à survivre en milieu urbain.

La ville est plus sûre la nuit pour les renards, car il y a alors moins d'humains sur les trottoirs et moins de véhicules sur les routes. C'est aussi la nuit que les restes de nourriture sont plus nombreux et plus faciles à trouver que dans la nature.

Les renards sont vifs et discrets, allant là où les mène leur truffe. Ils ne sont pas difficiles : des épluchures de légumes et des os de poulet dénichés dans une poubelle leur font un festin. Ce sont aussi de bons chasseurs, friands de rats et de pigeons.

LES ROUGES-GORGES

À Londres, il n'est pas rare d'entendre des rouges-gorges chanter au milieu de la nuit, même s'ils sont diurnes. C'est que l'éclairage public est tellement fort et omniprésent que certains oiseaux sont perdus et prennent la nuit pour le jour.

TOKYO, *JAPON*

Quand le soleil se couche, Tokyo prend des airs de jungle de néons. Les lumières crépitent dans les rues, appelant les reptiles et les insectes à sortir de leur cachette.

Les **cigales** passent les premières années de leur vie sous terre, suçant les nutriments des racines d'arbres pour grandir.

Lorsqu'elles atteignent leur maturité sexuelle, elles sortent du sol et se retrouvent au cœur de la ville. Cela se passe la nuit, lorsque la plupart des oiseaux dorment et que le risque qu'ils les picorent est réduit. Les cigales grimpent le long des arbres avant de se fixer à une branche pour muer afin de prendre leur forme adulte.

Les mâles produisent alors un chant nuptial caractéristique pour attirer les femelles. On dit qu'ils « cymbalisent ». Ce chant résonne à travers les rues de Tokyo, rebondissant jusqu'en haut des gratte-ciel. Impossible de ne pas l'entendre !

LES GECKOS

Les métropoles comme celle de Tokyo sont un habitat idéal pour les geckos, ces petits lézards qui peuvent escalader les murs et marcher au plafond grâce à leurs setæ, ces milliers de poils microscopiques très adhérents qui couvrent le dessous de leurs pattes. Le soir, ils aiment s'installer à côté des sources de lumière, qui attirent mouches et araignées.

LA NUIT DANS LES VILLES

Qui d'autre trottine dans les villes la nuit ? Partons autour du monde découvrir d'autres espèces urbaines.

Il y a des siècles, le territoire de la ville de New York était une forêt ! Des **ratons laveurs** y coulaient des jours tranquilles, et ils ne sont jamais partis : il n'est pas rare d'en voir dans les rues de la Grosse Pomme aujourd'hui encore. Ces animaux nocturnes se sont brillamment adaptés à la vie urbaine : ils s'abritent au sommet des escaliers de secours et se nourrissent dans les poubelles des restaurants.

Dans les bidonvilles de Mumbai, en Inde, des **léopards** profitent de la nuit pour se glisser dans les rues. Ces félins à la robe tachetée ne s'aventurent pas dans la ville pendant la journée, mais ils profitent de l'obscurité pour chasser les chiens et les cochons sauvages qui fouillent les poubelles des maisons et des usines.

La capitale allemande est riche de nombreux parcs boisés. Des troupes de **sangliers** y vivent, profitant du noir pour parcourir les rues berlinoises. Leur vue est mauvaise, mais leur odorat hors pair leur permet de trouver facilement de quoi manger. Ils avalent presque tout, des œufs pourris comme des sandwichs rassis.

Si tu vois un grand oiseau fendre le ciel noir de Sydney, c'est sans doute une **ninoxe puissante**. Ce rapace imposant chasse plutôt dans les campagnes, mais il a bien compris que les banlieues sont des sources inépuisables de nourriture. Eh oui ! Les **opossums** y vivent en nombre, et les ninoxes en raffolent.

À Mexico, les **bassaris d'Amérique centrale** se faufilent sans bruit dans les jardins. Ils se délectent de fruits, d'insectes ou de petits reptiles qu'ils trouvent autour des maisons. Ces animaux rares et craintifs, cousins des ratons laveurs passent presque toute leur vie cachés dans les arbres. Résultat, les villes bien loties en parcs et en jardins, dans lesquels ils peuvent chaque nuit quitter leur cachette et y revenir sans être vus, ont leur préférence.

La ville du Cap abrite des animaux surprenants, parmi lesquels on trouve le **caracal**. On voit souvent ce félin, maître de la discrétion, sur les pentes de la montagne de la Table, qui surplombe la capitale parlementaire sud-africaine. Mais on peut aussi le croiser dans la banlieue lorsqu'il part à la recherche de proies juteuses, comme des rats ou des pintades.

LES RATS BRUNS

De tous les mammifères sauvages, le rat est celui qui s'est le mieux adapté à la vie urbaine. Presque toutes les villes du monde en comptent une population importante dans ses égouts, ses immeubles et ses parcs. Allons découvrir le foyer que ces rongeurs se sont construit sous Chicago, aux États-Unis.

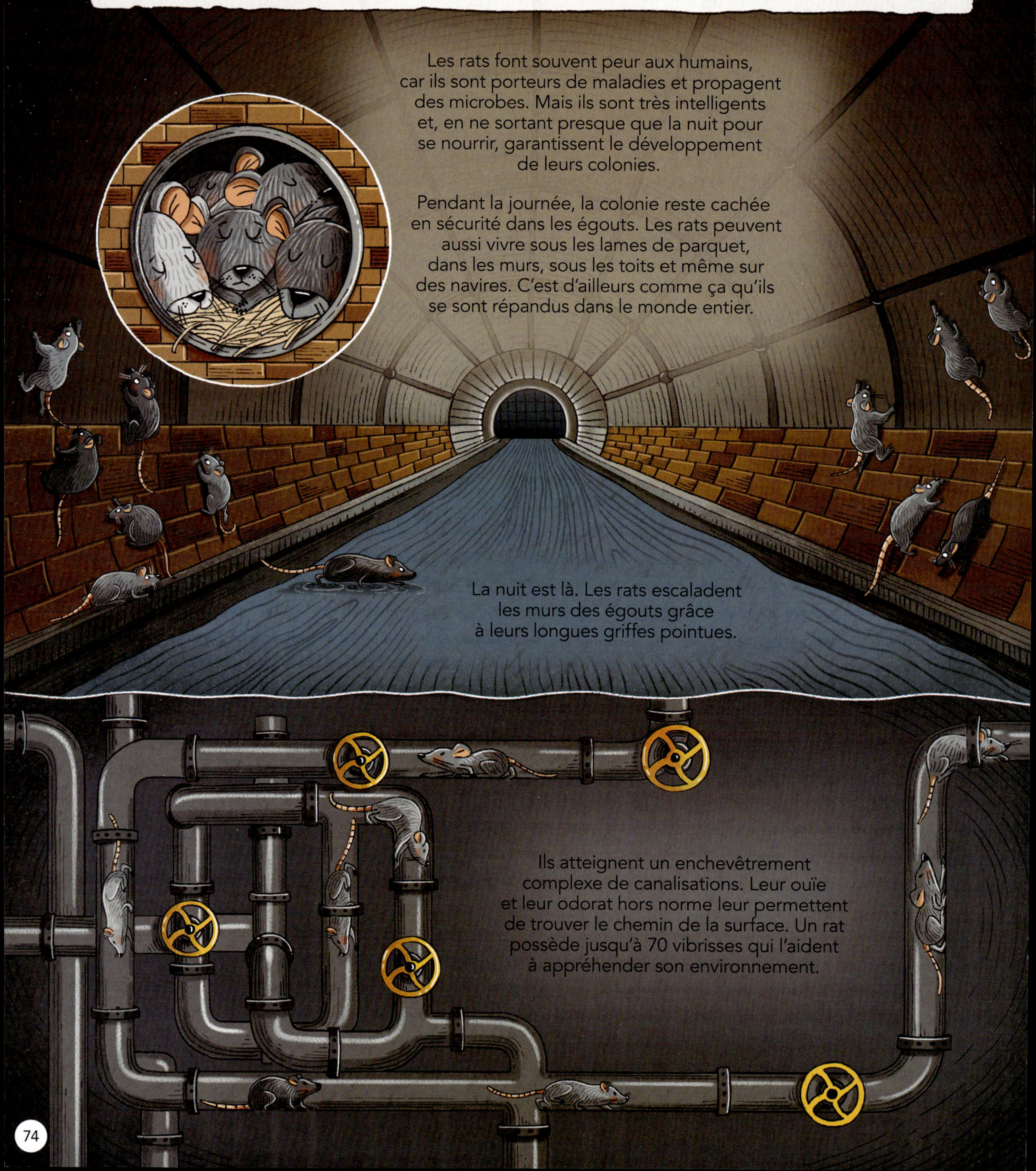

Les rats font souvent peur aux humains, car ils sont porteurs de maladies et propagent des microbes. Mais ils sont très intelligents et, en ne sortant presque que la nuit pour se nourrir, garantissent le développement de leurs colonies.

Pendant la journée, la colonie reste cachée en sécurité dans les égouts. Les rats peuvent aussi vivre sous les lames de parquet, dans les murs, sous les toits et même sur des navires. C'est d'ailleurs comme ça qu'ils se sont répandus dans le monde entier.

La nuit est là. Les rats escaladent les murs des égouts grâce à leurs longues griffes pointues.

Ils atteignent un enchevêtrement complexe de canalisations. Leur ouïe et leur odorat hors norme leur permettent de trouver le chemin de la surface. Un rat possède jusqu'à 70 vibrisses qui l'aident à appréhender son environnement.

Lorsqu'ils atteignent la rue, ils s'aplatissent pour se faufiler entre les barreaux de la grille d'évacuation, et se mettent à pister de leur truffe quelque chose à se mettre sous la dent. Les rats vivent aux côtés des humains depuis des millénaires.

Les rats n'ont pas une bonne vue, si bien que l'éclairage public leur est d'une grande aide pour se diriger. Ils trottinent jusqu'aux poubelles, à peine visibles dans la pénombre grâce à leur pelage sombre.

Le banquet commence. Les rats aiment tout : de la pizza aux restes de viande en passant par les épluchures de fruits pourries et la nourriture pour animaux moisie. Ils ne sont VRAIMENT pas difficiles !

La profusion de nourriture qu'ils trouvent la nuit n'est qu'une des nombreuses raisons pour lesquelles on trouve tant de rats dans les villes. Leur reproduction foisonnante et rapide en est une autre. Cela parait fou, mais c'est vrai : une colonie de rats peut passer de moins de dix individus à plus de 12 000 en un an seulement !

LES HUMAINS

La Terre compte plus de 8 milliards d'habitants. Qui que nous soyons, nous faisons tous l'expérience du jour et de la nuit. Et nous avons tous besoin de dormir. À cet instant précis, alors que tu es en train de lire ce livre, au moins un milliard de personnes dorment profondément. Mais la nuit n'est pas synonyme de repos pour tout le monde. Bien des gens travaillent ou s'amusent à la lueur d'un éclairage électrique. Eh oui, l'activité humaine bat son plein à toute heure du jour… et de la nuit !

LE SOMMEIL ET LES RÊVES

Le sommeil est indispensable à la survie des humains et de la vaste majorité du règne animal, car il permet au corps et au cerveau de se reposer et de reprendre des forces pour fonctionner correctement au réveil.

LES CYCLES DE SOMMEIL

Lorsque nous dormons, nous passons par quatre ou cinq cycles de sommeil, chacun durant deux heures et se composant de quatre phases.

La **1re phase** est courte et correspond à la somnolence : nous nous endormons.

La **2e phase** est celle du sommeil léger. Notre esprit et nos muscles commencent à se relaxer. Dans ces deux premières phases, nous pouvons facilement nous réveiller en réaction à notre environnement.

La **3e phase** est appelée sommeil profond. Dans cet état, notre corps ralentit encore plus.

La **4e phase** est celle du sommeil paradoxal. Nos yeux bougent rapidement sous nos paupières, et notre cerveau est actif. C'est pendant cette phase que nous rêvons le plus.

LE RYTHME CIRCADIEN

Presque tous les êtres vivants, dont les humains, suivent un rythme biologique de 24 heures que l'on appelle le rythme circadien. Il fait partie de notre horloge biologique et régule nos périodes de veille et de sommeil. Si notre rythme de sommeil est interrompu, par de la lumière ou une nuit blanche, par exemple, cela perturbe notre rythme circadien.

QUE SONT LES RÊVES ?

Notre cerveau est actif même lorsque nous dormons. Il n'est pas occupé à prendre des décisions ou à avoir des idées, mais même quand il se repose, il est productif ! Notre imagination crée les images et les situations qui façonnent nos rêves.

Certains chercheurs pensent que nos rêves pourraient être une façon pour notre cerveau de résoudre des problèmes ou d'organiser nos souvenirs. Quand nous dormons, notre cerveau rejoue des moments de notre journée et les mélange avec d'autres expériences qui sont parfois sans lien. En faisant cela, notre cerveau trie ce dont nous devons nous souvenir de ce que nous pouvons oublier, et il crée de nouveaux liens entre nos neurones pour nous aider à enregistrer de nouvelles informations.

Nous rêvons souvent de personnes que nous connaissons bien, ou bien d'événements dont nous avons hâte ou que nous appréhendons. Parfois, nos rêves sont juste franchement bizarres… C'est pendant le sommeil paradoxal que nous faisons les rêves qui nous semblent le plus réels. Mais ne t'inquiète pas, pendant cette phase du sommeil, tu es atone : tes muscles ne peuvent pas bouger, exprès pour que tu ne te mettes pas à danser au milieu de ta chambre en réaction à un rêve étrange !

Nous faisons entre quatre et six rêves par nuit, mais la plupart d'entre nous ne se rappellent que deux d'entre eux chaque semaine.

Les scientifiques pensent que de nombreux animaux rêvent, dont les mammifères, les oiseaux et même les araignées ! Peut-être as-tu déjà vu ton chien ou ton chat gigoter pendant sa sieste ? Certains chiens poussent des aboiements étouffés quand ils dorment profondément. Des chercheurs ont identifié des comportements similaires chez d'autres espèces. Par exemple, ils ont déjà observé des poulpes bouger leurs bras ou leurs yeux et même changer la couleur de leur peau pendant leur sommeil.

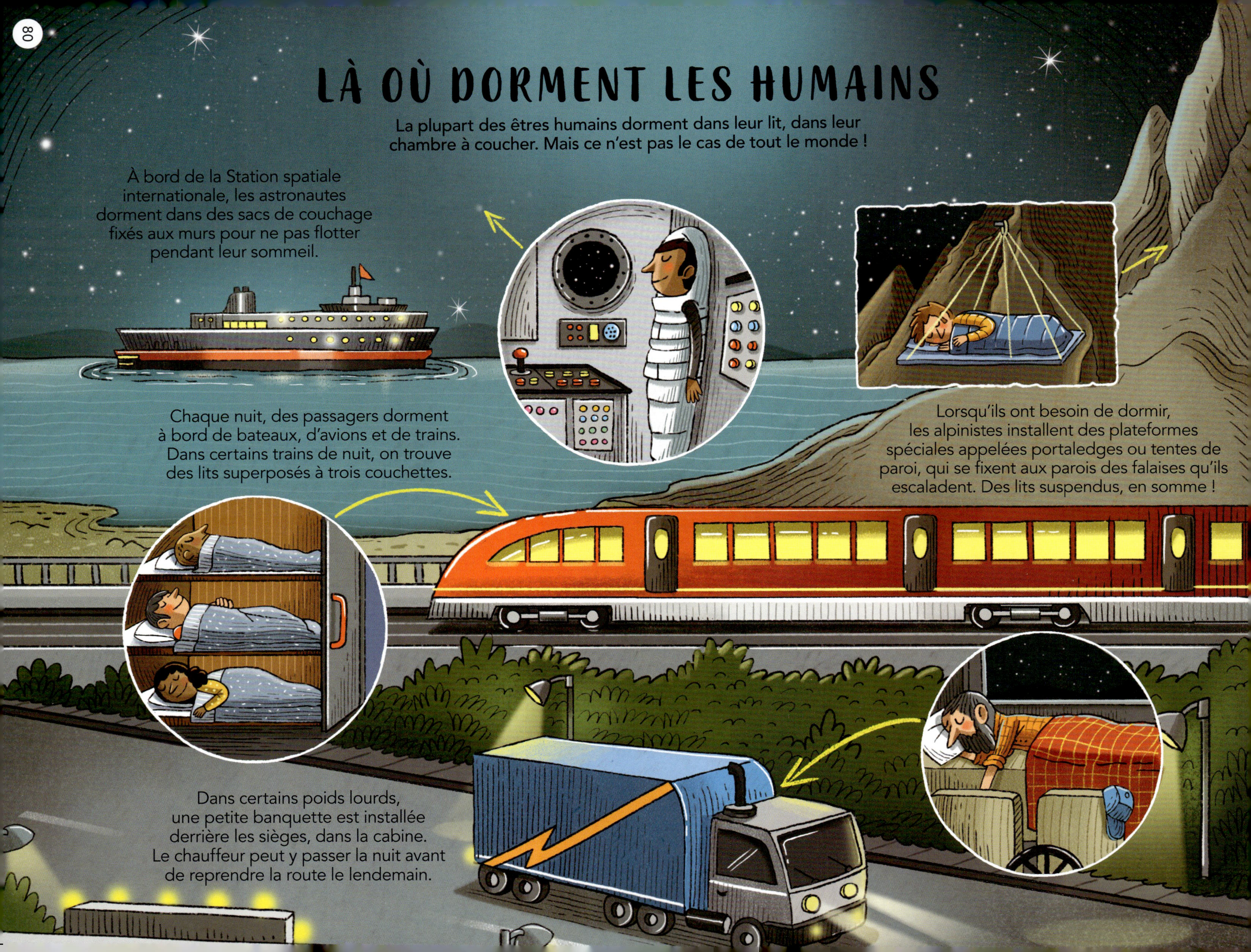

LÀ OÙ DORMENT LES HUMAINS

La plupart des êtres humains dorment dans leur lit, dans leur chambre à coucher. Mais ce n'est pas le cas de tout le monde !

À bord de la Station spatiale internationale, les astronautes dorment dans des sacs de couchage fixés aux murs pour ne pas flotter pendant leur sommeil.

Lorsqu'ils ont besoin de dormir, les alpinistes installent des plateformes spéciales appelées portaledges ou tentes de paroi, qui se fixent aux parois des falaises qu'ils escaladent. Des lits suspendus, en somme !

Chaque nuit, des passagers dorment à bord de bateaux, d'avions et de trains. Dans certains trains de nuit, on trouve des lits superposés à trois couchettes.

Dans certains poids lourds, une petite banquette est installée derrière les sièges, dans la cabine. Le chauffeur peut y passer la nuit avant de reprendre la route le lendemain.

La plupart des hôtels proposent des chambres dans lesquelles on peut se déplacer, mais pas les hôtels capsule. Eux ne proposent que des cabines de la taille d'un lit individuel. Ces hôtels ont beaucoup de succès au Japon auprès des voyageurs qui cherchent un hébergement bon marché pour une nuit.

Dans les zones les plus chaudes du globe, les gens aiment dormir dehors, dans des hamacs, afin de profiter de la fraîcheur de la nuit. Les hamacs existent depuis environ 4 000 ans. Les premiers étaient tissés en fibres végétales.

Il existe des tentes de toutes les formes et de toutes les tailles. Certaines sont toutes petites, pour une personne qui doit y entrer en rampant. En Mongolie, les yourtes peuvent accueillir plus de 15 personnes et sont même parfois équipées de cuisinières et de cheminées.

LA LUMIÈRE ÉLECTRIQUE

Vues depuis l'espace la nuit, certaines parties du globe brillent comme des lucioles. Cette lumière est produite à 100 % par les humains et est d'origine électrique. Le soir, nos plus grandes villes font des étincelles grâce à *La Fée Électricité*.

Il y a à peine quelques siècles, cette vue aurait été bien plus sombre. Avant la découverte de l'électricité, les humains s'éclairaient à la bougie et avec des lampes à huile ou à gaz. Et plus longtemps encore, nos ancêtres dépendaient du feu pour s'éclairer et se chauffer. Ces foyers n'étaient pas visibles depuis l'espace.

Depuis que les humains ont appris à maîtriser l'électricité au XIXe siècle, nous n'avons plus le même rapport à la nuit. De nos jours, quand arrive le soir, les rayons du soleil sont remplacés par la lueur des lampadaires et l'éclat des enseignes de restaurants, d'hôtels et de supérettes.

Dans les pays chauds, les rencontres sportives ont souvent lieu la nuit, sous de puissants projecteurs. Les coups d'envoi peuvent être fixés à 21 heures, tandis que certains matchs de tennis terminent bien après minuit !

Stade Maracanã, Brésil

Les spectacles sont souvent joués tard, eux aussi, pour que leurs spectateurs puissent en profiter après leur journée de travail. Les fast-foods et les stations-service à l'éclairage puissant restent ouverts très tard. Les hôpitaux, eux, ne ferment jamais.

La Scala, Italie

Aujourd'hui, l'éclairage électrique est partout en zone urbaine. Les phares des voitures illuminent les rues pendant que les néons crépitent et clignotent toute la nuit. À Dubaï, les lumières des échoppes, des hôtels et des lampadaires brillent le long des promenades.

Dubaï, Émirats arabes unis

LA POLLUTION LUMINEUSE

L'éclairage électrique rend la vie plus facile et plus sûre aux humains. Mais trop de lumière artificielle est néfaste à l'environnement et à la santé des humains comme des espèces sauvages. Le ciel est pollué, si bien qu'il devient difficile de voir la Lune et les étoiles. Si des animaux, comme de toutes jeunes tortues, confondent la lumière électrique avec celle de la lune, cela les désoriente, et elles se perdent. De plus, l'éclairage artificiel perturbe le rythme circadien des animaux et des humains (voir page 78), car notre horloge interne n'arrive plus à savoir s'il fait jour ou nuit.

Le soir, les villes ne sont pas seulement illuminées, elles sont aussi bruyantes. La musique et les flashs des boîtes de nuit et des concerts résonnent souvent jusque tard dans la nuit. Les cours de danse tardifs dépendent aussi de l'électricité, de même que certains festivals nocturnes, qui brillent de mille feux.

Festival de sculptures sur glace et de neige, Chine

Vrouuum ! Boum ! Les lumières artificielles ne sont pas toutes électriques. Les Chinois ont inventé les feux d'artifice il y a plus de 2 000 ans. Maintenant, on en lance pour les grandes occasions, comme le Nouvel An, les mariages ou les festivals. Des bombes sont propulsées dans le ciel noir et explosent, couvrant la voûte céleste d'une myriade d'étincelles arc-en-ciel.

Fête de Divali, Inde

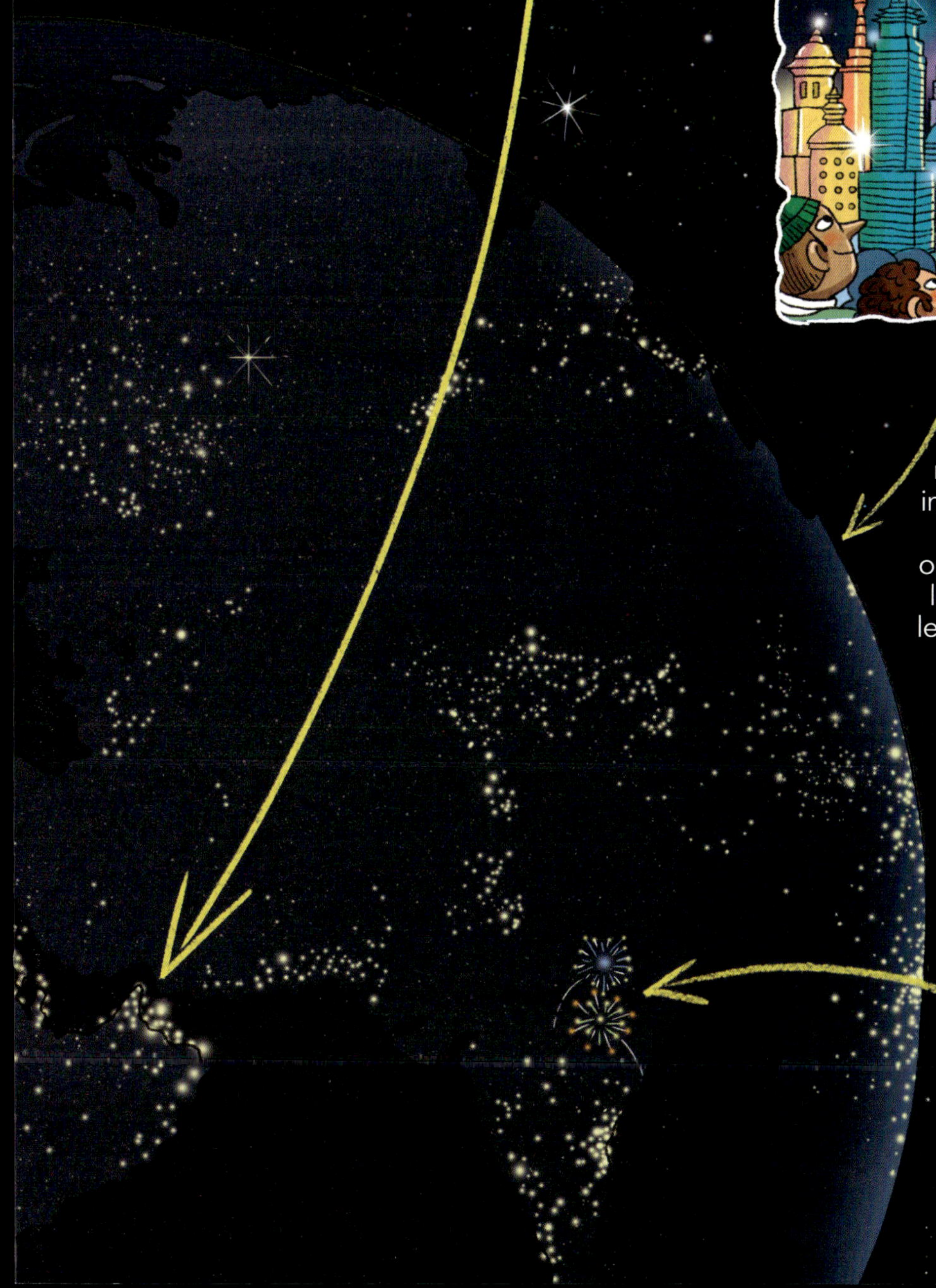

QUI TRAVAILLE LA NUIT ?

Beaucoup de gens occupent un emploi de jour, mais pas tout le monde. De nombreux employés travaillent dur pendant que tu dors. Dans certains pays, ils sont même un sur cinq à être concernés par le travail de nuit.

Certains magasins et stations-service sont ouverts 24 heures sur 24 pour que chacun puisse manger et faire le plein d'essence.

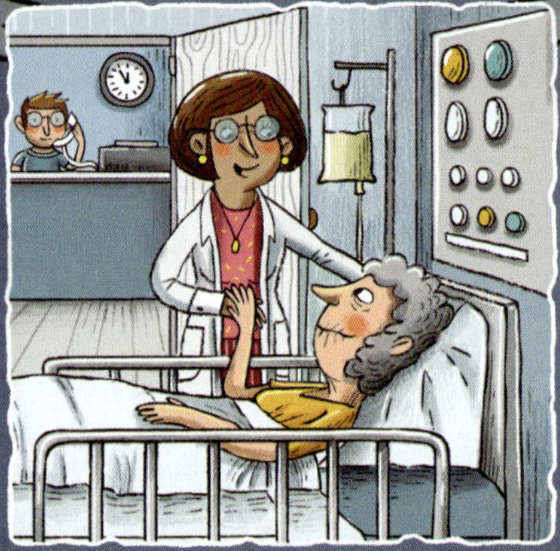

Les hôpitaux fonctionnent en permanence pour prendre soin des patients et gérer les urgences. La nuit, des équipes de médecins, d'infirmiers et de secouristes prennent le relais de leurs collègues de jour. Une garde de nuit peut durer 12 heures.

Les boulangers commencent à pétrir le pain au milieu de la nuit pour que les baguettes et les croissants soient prêts pour ton petit-déjeuner !

Quand les employés de bureau rentrent chez eux, d'autres salariés les remplacent. La nuit, les officiers de sécurité protègent les bâtiments tandis que le personnel de ménage nettoie tout pour le lendemain.

Au centre de tri, les postiers préparent la distribution du lendemain. Des milliers de cartes, de lettres et de colis doivent être triés avant la tournée du matin.

Les situations d'urgence sont aussi courantes la nuit que le jour. La nuit aussi, la police et les pompiers répondent à des appels au secours et interviennent en réponse à des cambriolages, des incendies et des accidents. Ils sont sur les lieux en quelques minutes, sirènes hurlantes !

Journalistes et reporters passent leurs nuits à rapporter ce qu'il se passe dans le monde pour les journaux radiotélévisés. Même la nuit, les nouvelles n'attendent pas !

Ce zoologue est sur le terrain pour ses recherches sur les animaux nocturnes. Bien des scientifiques et des ingénieurs travaillent de nuit pour mener des expériences ou faire des travaux dans le calme.

Loin en mer, les équipages sont sur le pont, pêchant poissons et fruits de mer qu'ils vendront à la criée à l'aube. Certains marchés aux poissons ouvrent à 4 heures du matin.

L'AUBE

Il est très tôt le matin. La nuit est presque terminée, et le ciel s'illumine lentement. Minute après minute, le monde extérieur reprend des couleurs. Ce moment de la journée s'appelle l'**aube**.

L'aube astronomique commence officiellement quand le soleil est à 18 °C sous l'horizon. À partir de ce moment-là, le ciel s'éclaircit graduellement. Le soleil est toujours bien en dessous de l'horizon, si bien que la lumière qui nous parvient est d'abord faible et blafarde. Elle devient plus franche et claire à mesure que le soleil se lève. Bientôt, l'éclat aveuglant de l'astre du jour poindra au-dessus de l'horizon : ce sera l'**aurore**.

LES HUMAINS À L'AUBE

Pour beaucoup d'entre nous, le petit jour est feutré et silencieux, et nous le passons à dormir. Mais dehors, plein de choses se passent.

Tous ceux qui ont passé la nuit debout rentrent se coucher. En chemin, ils croisent ceux qui sont déjà debout, comme les agriculteurs ou les gérants de cafés, car ils travaillent tôt.

Le règne animal s'affaire, lui aussi. Partout dans le monde, des animaux, comme des blaireaux, regagnent leur chez-eux, tandis que d'autres profitent de la faible luminosité pour chasser et fouiller la terre.

LE CHŒUR DE L'AUBE

De nombreuses espèces d'oiseaux se réveillent à l'aube. Ils ne sont pas faciles à voir, mais ils sont très faciles à entendre ! Quand un grand groupe d'oiseaux chante au lever du jour, on appelle cela le chœur de l'aube.

Quand on est un oiseau, l'aube est un bon moment pour pépier, car il ne fait pas encore assez clair pour manger ni pour être mangé.

Mais pourquoi les oiseaux chantent-ils ? La plupart de ceux que tu entends à l'aube sont des mâles, et ils chantent pour deux raisons. D'abord pour défendre leur territoire : en chantant, ils signalent qu'ils sont ici chez eux.

Ils chantent aussi pour séduire les femelles, car un chant puissant et clair montre à quel point ils sont forts et en bonne santé. Dans beaucoup d'environnements, le chœur de l'aube est plus sonore au printemps, quand les oiseaux construisent leurs nids et se reproduisent. Dans certaines campagnes, il peut rassembler plusieurs centaines d'oiseaux qui chantent en même temps.

DU COUCHER AU LEVER DU SOLEIL

Sans un bruit, tout doucement, le soleil se montre à l'horizon. Ses rayons dorés caressent le monde, mettant un terme à la nuit. Le sens de rotation de la Terre fait que le soleil se couche à l'ouest et se lève à l'est.

Les couleurs du matin s'expliquent par la diffusion de la lumière à travers les gouttes d'eau et les petites molécules de l'atmosphère. Quand le soleil est bas, ses rayons traversent une épaisse couche d'atmosphère pour nous atteindre.

La lumière solaire se compose de plusieurs longueurs d'ondes de couleurs différentes. Au point du jour, la lumière bleue se perd plus facilement dans l'atmosphère, nous laissant voir le monde en rouge, en jaune et en orange.

Tandis que le soleil monte dans le ciel, une nouvelle journée commence. Les animaux nocturnes vont se coucher, tandis que leurs voisins diurnes se lèvent, et savourent la douceur et la lueur matinales.

Tout autour du monde, le lever du soleil est synonyme de vie et d'énergie. L'obscurité a fait son temps et, pour beaucoup, il est l'heure de se promener et de manger.

Depuis plus de 4 milliards d'années, chaque matin, le soleil offre lumière et chaleur à la surface de notre planète. Le jour se lève sur la terre, et le grand cycle de la vie continue.

GLOSSAIRE

ASTRONOMIE
L'étude des objets célestes extérieurs à l'atmosphère terrestre, dont les planètes, les galaxies et les autres composants de l'Univers.

AUBE
La période du jour pendant laquelle le ciel s'éclaircit tandis que le soleil se lève. Elle commence officiellement quand notre étoile se situe à 18 °C sous l'horizon.

AURORE AUSTRALE
Un phénomène lumineux causé par la rencontre entre des particules issues du Soleil et le champ magnétique terrestre. Il se produit principalement en Antarctique et parfois ailleurs dans l'hémisphère Sud.

AURORE BORÉALE
Un phénomène lumineux causé par la rencontre entre des particules issues du Soleil et le champ magnétique terrestre. Il se produit principalement en Arctique et parfois ailleurs dans l'hémisphère Nord.

AXE
Une ligne imaginaire autour de laquelle un corps, comme une planète, tourne.

BÂTONNETS
Des cellules qui composent la rétine, un élément de l'œil. Les bâtonnets sont responsables de la vision des formes et des mouvements. Ils nous sont indispensables pour voir dans la pénombre.

BIOLUMINESCENCE
La lueur naturellement émise par certains êtres vivants, dont des espèces d'insectes, de poissons, de planctons, de méduses ou de poulpes.

CÔNES
Des cellules qui composent la rétine, un élément de l'œil. Les cônes sont responsables de la vision des couleurs et des détails. Ils permettent la vision diurne.

CONSTELLATION
Un groupe d'étoiles dont la disposition dessine une forme reconnaissable et nommée, comme Orion.

CRÉPUSCULAIRE
Se dit d'un animal actif au à l'aube et/ou au crépuscule.

CRÉPUSCULE
La période du jour pendant laquelle le ciel s'assombrit tandis que le soleil se couche.

DIURNE
Se dit d'un être vivant actif pendant la journée.

ÉCHOLOCALISATION
Une technique que certains animaux, comme les chauves-souris ou les dauphins, utilisent pour se diriger, cartographier leur environnement et localiser leurs proies. Ils y parviennent en analysant l'écho des sons qu'ils produisent.

ÉCLIPSE DE LUNE
Un phénomène astronomique pendant lequel un corps céleste se place entre deux autres objets, occultant la vue que chacun a de l'autre. Lors d'une éclipse de Lune, la Terre se place entre le Soleil et la Lune.

ÉCLIPSE DE SOLEIL TOTALE
Un phénomène astronomique pendant lequel un corps céleste se place entre deux autres objets, occultant la vue que chacun a de l'autre. Pendant une éclipse solaire totale, la Lune se place entre le Soleil et la Terre.

HABITAT
Le milieu naturel d'un animal, là où il vit. Le désert et la forêt, par exemple, sont des habitats.

HIBERNATION
Un état prolongé de repos et d'inactivité dans lequel se plongent certaines espèces pour passer l'hiver avant de se réveiller au printemps.

HORIZON
La ligne de démarcation lointaine entre le ciel et la terre.

LUCIFÉRINE
Un composé chimique qui produit de la lumière quand il entre en contact avec de l'oxygène et une enzyme. On le trouve dans les organismes bioluminescents.

MARÉE HAUTE
Un phénomène dû à la force d'attraction de la Lune durant lequel le niveau des océans et des mers monte, et l'eau s'avance sur les terres. La marée est haute deux fois par période de 24 heures.

MARÉE BASSE
Un phénomène dû à la force d'attraction de la Lune durant lequel le niveau des océans et des mers baisse, et l'eau se retire des terres. La marée est basse deux fois par période de 24 heures.

MIGRATION
Le déplacement régulier d'un grand groupe d'animaux sur une longue distance à certaines périodes de l'année.

NOCTURNE
Se dit d'un être vivant actif la nuit et qui dort le jour.

NUIT POLAIRE
La période dénuée de lumière pendant laquelle le soleil ne dépasse pas l'horizon pendant au moins 24 heures et parfois pendant plusieurs mois. Ce phénomène se produit en hiver dans les cercles arctique et antarctique et s'allonge à mesure que l'on se rapproche des pôles.

POLLINISATEUR
Quelque chose qui pollinise une plante avec du pollen (le plus souvent un insecte).

PRÉDATEUR
Un animal qui survit en tuant et en mangeant d'autres animaux.

RESPIRATION
Le cycle d'absorption d'oxygène et de rejet de dioxyde de carbone par un organisme.

RÉTINE
Une mince couche de tissu organique qui tapisse le globe oculaire. Son rôle est de capter la lumière et de transmettre des images au cerveau par le biais du nerf optique.

RYTHME CIRCADIEN
Un rythme biologique de 24 heures observé chez presque toutes les formes de vie et qui détermine leur cycle veille-sommeil.

SAISON ASTRONOMIQUE
Le printemps, l'été, l'automne, l'hiver tels que déterminés par l'inclinaison de l'axe de la Terre et sa rotation autour du Soleil.

SOMMEIL PARADOXAL
Phase du sommeil durant laquelle les yeux font des mouvements rapides sous les paupières, et où la plupart des rêves ont lieu.

TAPETUM LUCIDUM
Une couche de tissu organique qui tapisse le fond de l'œil et qui agit comme un miroir en reflétant la lumière vers la rétine, améliorant la vision de nuit. On le trouve chez beaucoup d'espèces nocturnes.

INDEX

À PROPOS DES AUTEURS

BEN LERWILL

est un auteur de récits de voyage primé qui vit en Angleterre. Il a arpenté la jungle d'Amazonie en pleine nuit, a admiré les aurores boréales en Norvège et a perdu le compte des trains de nuit dans lesquels il a dormi. Quand il était jeune, il travaillait de nuit dans un magasin de travaux manuels où il refaisait le stock des rayonnages. Sa constellation favorite est Cassiopée.

PAULA BOSSIO

est une artiste et illustratrice colombienne. Elle a reçu de nombreux prix au Japon, en Corée, en Inde, en Italie, au Mexique et en Colombie. Ce qu'elle aime, c'est croiser différentes techniques plastiques pour raconter des histoires qui nous amusent et nous font réfléchir grâce à des personnages attachants et des couleurs éclatantes. Tu connais peut-être ses autres livres : *Un monde fou !*, *Un monde fou d'histoire !* et *La Vie secrète des animaux*.